김원호 산문집

좀 봐줘요

도서출판
청어

좀 봐줘요

김원호 지음

발행처·도서출판 **청어**
발행인·이영철
영 업·이동호
홍 보·최윤영
기 획·천성래 | 이용희
편 집·방세화
디자인·김바라 | 서경아
제작부장·공병한
인 쇄·두리터

등 록·1999년 5월 3일
(제321-3210000251001999000063호)

1판 1쇄 인쇄·2016년 11월 20일
1판 1쇄 발행·2016년 11월 30일

주소·서울특별시 서초구 효령로55길 45-8
대표전화·02-586-0477
팩시밀리·02-586-0478

홈페이지·www.chungeobook.com
E-mail·ppi20@hanmail.net
ISBN·979-11-5860-452-3 (03810)

이 도서의 국립중앙도서관 출판시도서목록(CIP)은 서지정보유통지원시스템 홈페이지
(http://seoji.nl.go.kr)와 국가자료공동목록시스템(http://www.nl.go.kr/kolisnet)에서
이용하실 수 있습니다.(CIP제어번호: CIP2016025836)

좀 봐줘요

작가의 말

　인생을 살아오는 동안 언제가 제일 행복했었느냐는 질문에 장수하신 분들은 65~75세까지라고 대부분 대답을 한다고 했다. 가족부양에서 벗어날 수 있고, 건강을 유지할 수 있는 나이이기에 본인이 하고 싶었던 일을 마음껏 할 수 있었다는 이야기가 아닐까 한다. 풀이나 나무도 일 년에 한 번쯤은 아름다운 꽃을 피운다. 우리네 인생살이에서도 65~75세까지가 한 번 꽃을 피우는 시기가 아닌가 한다. 결혼 50돌을 축하하는 식을 금혼식(金婚式)이라 한다. 우물쭈물 하다 보니 여기까지 밀려왔다.

　그간 고려대학교 고우회보에 올린 글과 각종문예지에 발표한 글을 모아서 한권의 책으로 엮으려 했으나 3년 전에 암이라는 암초에 걸려 수술을 받았고, 금년까지 매년 크고 작은 수술을 받느라고 정신이 없었다. 건강을 잃으면 모든 것을 잃는다고 했다. 수필집『촌놈』을 출간한 지 6년 만에 상재한다. 자칫하면 세상의 빛을 볼 수 없었던 글이기에 천만다행 이란 생각이 든다. 다섯 번째 시집과 자전적인 소설을 늘 생각하면서 쓰고, 자료를 모으고 있으나, 완성여부는 하늘에 달려 있다는 생각을 해 본다.

정조 때, 심노숭(1762~1837)의 자서실기에 따르면 노인에게는 다섯 가지 형벌이 있다고 했으나 현대의학의 발전으로 이에 대응하는 많은 상황변화가 생겼다.

1. 보이는 것이 뚜렷하지 않으니 목형(目刑)이라 했으나 렌즈 또는 안경이 보완하여 주고

2. 단단한 것은 씹을 수 없으니 치형(齒刑)이라 했으나 임플란트라는 치료법이 있고

3. 상대의 말을 들어도 귀가 먹어 정확하게 들을 수 없어 이형(耳刑)이라고 했으나 보청기가 이를 보완해준다.

4. 성생활을 마음대로 할 수 없는 궁형(宮刑)이라 했으나 비아그라

라는 약이 있고 보조물 등 여러 가지 처방이 있다.

　5. 다리로 걸어갈 힘이 없으니 각형(脚刑)이라 했으나 뼈를 대체 하거나, 보조기구를 이용하여 걸을 수 있게 해주고 있다.

　심노숭은 179년 전에 75년을 살고 저승으로 간 분이다. 그 당시로 보면 장수를 했다. 그러나 현대의학은 그 당시보다도 상당부분을 보안해주고 있어 100세 시대를 활짝 열어주고는 있다. 경제적인 문제나 또 다른 많은 문제들을 안겨주고 있기에 삶의 질이 떨어질 수도 있다. 그러므로 장수가 오히려 본인이나 주위에 고통을 줄 수도 있다. 그렇다고 본인의 마음대로 어찌할 수도 없는 일이기에 하늘에 맡기는 수밖에 별 도리가 없지 않은가?

남태령 전원마을에서

柔剛 金源鎬

차례

제1장 가족이란 이름으로

제2장 갈 길은 먼데, 벌써 노을이

제3장 발 길이 닿는 대로

제1장
가족이란 이름으로

1. 어머니의 지혜

선거 때가 되면, 세상을 떠난 지 30년이 지난 어머니가 생각 난다. 선거 날에는 내 어머니가 막내아들인 나에게 누구를 선택해야 하느냐고 묻고는 했다. 누구를 선택해야 한다고 말을 하면, 왜 그 사람을 선택해야 하는 이유를 꼭 말해야 했다. 입후보자들을 입에 올리고 비교분석해서 왜 그 후보자를 택해야 하는 충분한 이유를 설명해야 했다. 마지막으로 묻는 말은 그 사람이 애국자냐 라는 질문이었다. 사리사욕을 떠나 나라와 국민을 위해 일하는 사람이냐를 묻는 질문이었을 것이란 생각을 한다. 내 어머니같이 지혜로운 유권자들만 있다면 막말을 하고 막가는 행동을 일삼는 국회의원은 없었을 텐데 하는 생각을 해 보았다. 남들이 입후보자에 대한 이야기를 하면 아는 바가 없으니 귀담아 듣고 최종적인 결정을 하기 위해 당신이 믿는 아들에게 자문을 구하는 것이다.

장롱에 있던 한복을 꺼내 입고, 머리도 단정하게 가리마로 빗어 넘기고 2Km가 넘는 투표소인 송탄초등학교를 다녀오고는 했다. 누구를 선택했느냐는 막내아들의 질문에는 언제나 빙그레 웃으면서 "비밀이다, 이 녀석아" 라고 하는 말 이외는 조언을 해준 막내아들도 더 이야기를 들을 수가 없었다. 비밀투표이니까 말이다. 내 어머니는 학교에서 교육을 받은 분이 아니다. 학교라고는 교육을 받기위해 문턱에도 가본 사실이 없다. 학교에 가본 사실이 있다면 추석 다음 날 행하는 가을 운동회에 밭에서 캔 고구마와 산에서 따온 밤을 삶은 것 그리고 송편 등을 가지고 참석해서 근심 걱정 털어내고 하루를 보낸 것이 전부다.

일제식민지 치하에서 결혼을 치르지 않은 16살 이상의 딸은 각 마을마다 공출해서 정신대에 보낸다는 구장의 말을 듣고 미혼의 셋째 딸을 급하게 서둘러 시집을 보내야 했다. 그 딸이 지금 88세의 할머니가 되었으니 71년 전의 이야기다.

1945년 일제로부터 감격의 해방이 되고 숨을 돌릴 사이도 없이 1950년 한국전쟁이 터지고 아들 하나를 잃어버리는 슬픔을 맛보았다. 당신이 손수 준비한 녹두전과 밥 한 끼를 아들에게 먹이고, 아들이 언제 돌아온다는 예고도 없이 어머니 곁을 떠난 일이, 20대 중반의 젊은 아들과의 영원한 이별이 됐다. 부모가 죽으면 산에다 묻고, 자식이 죽으면 가슴에 묻는다고 했다.

매년 그날이오면 어머니는 잊지 않고 막내아들인 나를 데리고 신선이 살았다는 산골짜기, 아무도 없는 그곳으로 가고는 했다. "짖지 못하는 개요, 울지 못하는 닭이지"라는 말이 입에서 힘없이 떨어지면 눈에는 눈물이 그렁그렁 고이고 한 마리의 개가 되고 닭이 돼서 산골짜기가 떠나도록 소리 내어 실컷 울고는 했다. 그때 맞은편 산골짜기에서는 뻐꾸기가 뻐─꾹 뻐─꾹 구슬피 울고, 목화밭의 목화꽃이 흰구름처럼 하얗게 피어났다. 그래도 껍데기가 누렇게 변해가는 동부콩 속에서는 콩알이 통통하게 익어갔다. 장손을 가슴에 묻어둔 채 한 많은 세상을 살다가 저 세상으로 가신 분이다.

한이 맺힌 어머니

추석 다음 날
신선이 산다는 신선 골
가슴에 박힌 큰 못 하나
빼내지 못해
서러워라
두견새는 피눈물을 토하고
산울림에 소년은 잠이 들었지
그리움의 잔잔한 물결
기억의 저편에서 서로가 손짓을 하는데
한이 맺힌 목화 꽃송이
슬픔의 타래를 풀지 못한 채
70년이 지난 오늘도
하얗게 하얗게 피어나고 있네

– 김원호 세 번째 시집 『숲길따라』 '한이 맺힌 어머니' 전문

자식들이 잘 되는 일이라면 몸이 부서지는 줄도 모르고 모든 것을 아낌없이 주던 분이다. 지금이야 과학문명의 발달로 세탁기로부터 밥솥에 이르기까지 주부가 가사노동에 매달리는 시간이 옛날과 비교를 할 수 없을 정도로 편리할뿐더러 경제적으로 풍요로운 세상을 살고 있다. 그러나 우리 어머니들은 무거운 가사노동에다가 농사일까지, 밤낮없이 일을 해야 하기에 늘 잠이 부족하여 바느질이나 다듬이질을 하다가도 꼬박꼬박 졸기도 했다. 그러면서도 춘궁기에는 넘기 힘든 보릿고개마저 맨발로 걸어서 넘어야 했으니 얼마나 힘이 들었겠는가?

산아제한이 없었던 시절이니 한 가정에 보통 다섯 형제부터 열 남매는 보통이었던 시절이었다. 대다수의 국민들은 목구멍에 풀칠하기에 여념 없었으니 엥겔지수가 얼마냐 하는 물음에는 우문현답이 나올 수밖에 없다. 부자 집과 가난한 집의 차이는 여름에 쌀밥만을 먹느냐 쌀알이 한 톨도 없는 꽁보리밥만 먹느냐로 구분하고, 극빈자는 보리밥도 배불이 먹지 못하고 풀뿌리와 나무껍질로 목숨을 이어가는 층을 말했다. 그 당시 국민 절대다수는 빈곤층이었다. 한국은행 발표, 국민계정 (1953~1999) 2013에 따르면 당시는 국민 소득이 US\$67이고, 2013년에는 S\$20,620이라고 했다. 현재는 US\$30,000을 향해 달리고 있으니 격세지감이 있다.

전쟁이 일어나거나 전쟁 중에는 자연재해마저 필연적으로 따라 다닌다. 일제 말기의 대동아 전쟁, 그리고 1950년 6·25전쟁 중에는 1950년부터 1953년까지 연이어 3년간 농번기에 가뭄이 들어 흉년이 왔다. 농경사회에서 수리시설이 거의 없고 천수답에 의존하던 시기이기에 어린모를 논에 옮겨 심어야할 때 가뭄은 치명적이다. 오죽하면 농번기에 장기간 비가 오지 않으면 임금이 민심을 달래기 위해 기우제를 올렸겠는가? 기아선상에서 한국전쟁을 치러야 했으니 입은 고통은 입으로 다 말을 할 수가 없다.

어머니 평상시의 말대로 소설을 써도 몇 권은 쓸 분량의 이야기들이 있다고 했다. 물질적으로는 넉넉지 못했으나 정신적으로는 고매했다. 특히 자녀들의 가정교육에는 남자는 하늘이고 여자는 땅이라는 기본 생각을 가지고 있었기에 가장으로서 아버지의 권위를 세워주었다. 어린 시절에는 개구쟁이었기에 문제를 일으키면 언제나 "너, 다음에는 용서하지 않겠다."가 아니면 "이 사실을 아버지에게 알리겠다."라고 경각심을 어린 마음에 심어주었다. 오랜 세월을 함께 살았는데 부모가 말다툼 하는 것을 한 번도 보지를 못했다. 또한 아기를 생산하는 과정도 마찬가지다. 지금 생각해 보아도 풀리지 않는 수수께끼다. 식사예절서부터 생활의 지침서까지, 살다보면 어려움이 있을 때는 지금도 문득문득 어머니의 말을 떠 올리고는 마음을 다스리기도 한다.

"착하게 살고 적선을 3대에 걸쳐 실행해야 문중에서 재상이 나온다."

"참을 인(忍)자가 셋이면 살인도 막는다."

귀에 못이 박히도록 어머니에게서 들은 이야기는 하나같이 중국고사에서 인용한 것이다. 외할머니나 외할아버지로부터 받은 가정교육이란 생각을 해 본다. 인생의 끝자락에 있는 지금도 어머니를 생각하면 가슴이 찡해 오고 눈가에는 이슬이 맺힌다.

정치평론가들은 세대별로 표심의 향방을 점치고는 한다. 우리 세대들은 가난의 굴레에서 벗어나기 위해 본인이 처한 위치에서 최선을 다했다. 원조를 받던 나라에서 원조를 해주는 나라로 변화시키는데 일조를 했지만 이제는 모두가 현장을 떠나 노후를 맞고 있다. 사람의 몸에 비교하면 허리에 해당하는 40~50대들은 우리가 낳아 기른 아들과 딸들이고, 눈에 넣어도 눈이 하나도 아프지 않은 10~20대들은 우리들의 사랑스런 손자와 손녀들이 아닌가?
자유민주주의 시장경제체제 하에서는 각자의 능력에 따라 소유하고 있는 몫이 다르고 처한 입장이 다르니까 사물을 보는 눈높이가 다르다. 상대의 다른 생각을 존중하고 상대의 입장에 서서 한 번쯤 생각을 다듬어 보면서 살면 어떨까? 그러나 우리가 걱정하는 것은 우리들의 문제가 아니고 우리들의 아들과 딸 그리고 손자 손녀가 살아가야 하는 세상이 아닐까? 하는 생각을 이아침에 해 본다.

사모곡

봄이 가고 또 오고
칠십여 년을 뼛속에서 키워온
내 마음의 전나무

목구멍에 걸터앉아
슬픔이 울컥울컥
강물 되어 흐르네

언제 되새겨 보아도
새록새록 피어나는 당신의 깊은 사랑
가없는 사랑이었네

언제 불러 봐도
가슴 아린 이름
그대는 영원한 나의 어머니

– 김원호 네 번째 시집 『숲에서 들리는 소리』 '사모곡' 전문

2. 아내의 화장대(化粧臺)

화장대는 남자들이 범할 수 없는 아내 혼자서만 사용하는 전유물이다. 또한 아내의 희로애락을 풀어가는 장이기도 하다. 만날 사람이 누구인가에 따라서 화장이 엷어지기도 하고 짙어 지기도 한다. 가슴 설레임이 뭉게구름 같이 하얗게 피어나기도 한다. 그러나 억울한 일이 생기거나 슬픔을 주체하지 못할 때 는 구석진 곳에서 실컷 울어, 얼룩진 얼굴을 화장대에 앉아서 고친다. 거울에 비친 자화상을 보면서 마음을 달래는 곳이기 도 하다.

불행하게도 규모가 큰 화장대가 안방 침대 옆에 자리하고 있 다. 현재는 방을 따로 쓰고 있으니 이제는 화장대를 다른 곳으 로 옮기자고 제안을 몇 차례 해도 한사코 있는 자리에 그냥 놓 아두자고 끝끝내 손사래를 친다. 화장대를 옮기면 안방을 다

른 여자에게 내어준 기분이라 그런 것일까? 남자이고 심리학을
전공한 사람이 아니기에 아무리 생각을 해도 생각이 미치지를
못한다. 화장대를 볼 때마다 정신이 혼란스럽고 마음이 어지럽
다. 정리 정돈과 거리가 먼 여자이기에 어쩔 수가 없다는 것을
알면서도 메아리가 없는 북을 계속 쳐대야 하는 내가 더 밉다.

여러 가지의 립스틱은 립스틱대로, 기초화장품은 기초화장품
대로, 말라비틀어진 화장품은 버리면서 정리를 해 놓고 사용하
면 좋으련만 객사한 사람이 지팡이를 버리듯이 화장품이 이곳
저곳에 뒤죽박죽으로 널브러져 있다. 화장대를 보노라면 마치
정리가 안 된 쓰레기장의 쓰레기를 연상하게 한다. 한 밤에 잠
이 깨면 라디오를 듣는 습관이 있어 아내의 허락 없이 라디오
를 화장대 옮겨 놓았다. 좁은 공간에 라디오를 옮겨 놓았다고
혼자서 종알거리기에 아무 말 없이 다시 원 위치에 가져다 놓았
다. 화장대를 질서정연하게 정리해 놓고, 머리카락 하나가 떨어
져도 치워서, 화장대가 깨끗해야 직성이 풀린다는 여인들도 많
다는데 우리 집은 어쩔 수가 없다. 휴~우 휴~우……

화장을 할 때 멀리서 눈여겨보았다. 널브러진 화장품 중에서
필요한 것을 더듬거리지 않고 정확하게 찾아서 필요한 곳에 사
용을 한다. 화장을 끝마친 얼굴을 흘끔 쳐다보았더니 얼굴이
훨씬 아름다워 보인다. 젊을 때는 화장을 하지 않아도 젊음 그
자체가 아름답지만 늙어가면서 화장발이 받는 것을 알 수가 있

다. 나는 찾는 물건이 있던 자리에서 조금만 옮겨 놓아도 찾지 못하고 두리번거린다. 그뿐이 아니다 완전한 기계치다. TV 하나도 끄고 켜는 것 그리고 취침예약 이외는 하나도 모른다. 아니 알려고 하지를 않는다. 그녀는 찾지 못하는 물건을 논리적으로 생각해서 찾아놓는다. 문제 해결을 하지 못하고 절절맬 때, 집 사람은 늘 나에게 문제를 해결해 주는 구세주가 된다. 그러니 할 말이 없다. 물건들이 널브러진 것에 신경을 끄거나, 즐기면서 사는 수밖에 딴 방법이 없다.

  아내는 저녁형이다. 밤이 늦도록 무엇인가를 한다. 일찍 잠자리에 들지를 못한다. 그러나 나는 8시 뉴스를 다 시청하지 못하고 초저녁부터 잠자리에 드는 초저녁 형이다. 물론 아내가 아침잠을 즐길 때 새 나라의 어린이는 일찍 일어나서 부스럭거리면서 무엇인가를 한다. 아침잠에 방해가 되니까 까치발을 하고 조심스럽게 다닌다. 아침밥도 눈을 마주치면서 어제에 일어났던 이야기, 조간신문 내용 중에서 부부공동의 내용을 밥상 위에 올려놓고 대화를 나누면, 음식 맛도 좋고 서로가 정보를 공유하게 된다. 그래야 아침상 위에 반찬이 부실해도 음식이 제맛이 나고 소화도 잘 된다. 그러나 아내는 혼자서 먹어도 제 맛이 난다니 성격상 다름이 있어도 너무 많다. 신문을 읽고도 정리를 하지 않은 채 읽던 자리에, 아침밥을 먹고도 설거지도 하지 않은 채 TV 앞에 앉아서 연속극을 본다. 왜 그러느냐고 신문조로 힐책을 했더니 본인의 부족한 부분이 당신이 싫어하는 것이니 부족한 부분을 남편인 당신이 채워 달란다. 신문이야 다음 사람이 볼 것이니 순서대로 정리를 해서 제자리에 옮겨주고, 설거지야 아내 대신 내가 해주면 해결이 되지만 화장대는 문제만은 어쩔 수가 없다.

세 살 버릇이 여든까지 간다고 했던가?

원인을 다각도를 검토를 해 봤다. 생존 시에 장인어른과 장모님의 모습을 떠올려 봐도 그런 모습은 찾을 길이 없다. 선천적인 것은 아닌 것 같으니 후천적인 것에서 찾아야겠다. 전혀 다른 습관을 가지고 있고 머리구조도 나와는 다르다. 70평생 굳은 습관을 누가 고치겠는가? 고치려면 무리수가 온다. 서로가 다름을 인정하고 부족한 부분을 채워주면 그 때부터 가정에 평화가 깃든다. 상대가 변하기를 원할 때는 불협화음이 인다. 내가 먼저 변하면 가정이 지옥에서 천당으로 변한다.

노후의 남편이 집에 돌아와 신발장 앞에 놓인 아내의 신발을 보면 마음에 안정을 찾는다고 했다. 언제인가는 그 자리에서 없어질 신이기에 오늘이 늘 소중하다는 말이지 않을까? 배우자에게 한 사람이 먼저 저 세상으로 가면 그 빈자리는 하늘보다도 높고 바다보다도 넓어 보인다. 그만큼 빈자리가 크다는 말이다. 건강하게 오늘도 곁을 지켜주는 것만도 고맙게 느낀다. 황혼의 부부는 둘이서 하루를 엮어간다. 평생웬수인 상대를 평생은인으로 만드는 일은 본인의 생각과 행동에 달려 있지 않을까 하는 생각을 뒤늦게야 한다. 철나자 망령이란 말을 실감하게 한다.

아내는 교사였다. 교사이면서 자녀 셋을 낳아서 친가나 처가의 신세를 짓지 않고 혼자서 책임지고 양육을 했다. 친정어머니나 시어머니가 집에 있으면서 자녀들을 돌봐 주는 일은 생각도 못했다. 아내가 출근을 한 후에, 애들은 나이가 어린 가사도우미에게 맡겨져 모유 대신 우유를 먹으면서 자랐고, 본인은 양호실에게 넘쳐흐르는 젖을 짜서 버려야 하는 아픔을 맛보면서 젊은 날을 보내야만 했다. 학교에서는 학생들을 책임져야 했고, 집에 오면 눈망울이 초롱초롱한 애들을 돌봐야 했다.

그뿐인가? 가정 일에는 전혀 관심이 없이 직장 일을 마치고 집에 오면 가정을 하숙집 정도로만 생각하는 철부지 남편까지 돌보고 비위까지 맞추면서 살아야 했다. 직장과 가정 그리고 아내의 역할까지 겹치는 삼중고를 어린나이에 잘도 견디어 냈다. 정리 정돈을 할 틈이 없이 결혼 이후 젊은 날을 보낼 수밖에 없었다. 지금 아내의 정리 정돈 능력이 어떻다는 말은 사치란 생각이 든다. 반성문을 하루에도 몇 번씩 써가면서 성당에 가서 성체조배를 해야 할 사람은 남편이지 않을까? 하는 생각을 한다.

스포타임

늘 주눅이 들어
산을 보고 큰 기침 한번 못해보고
늘 변죽만 울리는 여자

검지로 왼쪽을 가리키면
어깃장 놓아
옆으로 꽃게걸음만 걷든 남자

여자 손에 이끌려
도심의 온천을 찾으니
몸이 매끄럽게 미끄러지네

이순의 나이는
순리대로 살아간다던가
길들여지는 나를 보네

- 김원호 세 번째 시집 『숲길따라』 '스포타임' 전문

3. 우리 집 강아지 퍼그

젊은 시절 외국인 집에 초대받은 적이 있다. 가족이 몇이냐고 물어보았더니 네 식구라고 했다. "누구누구냐"라고 다시 질문을 했더니 본인과 부인 그리고 개와 고양이란다. 개는 땀을 많이 흘리는 여름철 단백질 공급원이고, 고양이는 신경통에 특효라고 노인들이 삶아 먹든 시절이다. 1970년대, 그 당시 우리의 상식으로는 이해가 가지 않아 실소를 금할 수가 없다. 그들은 집에서 키우는 동물을 가족의 일원으로 생각하는 것이다. 40여 년이 지난 지금, 한국에도 그간 많은 변화가 일어나 동물에 대한 의식구조가 그들과 흡사해져가고 있으니 이제는 이해가 간다.

개는 우리와 오랫동안 공생관계를 맺어 왔다. 재난지역에서는 인명구조 역할을 하고, 시각장애인에게는 도우미로서 불편을 해소 해주고, 추운지방에 살아야 하는 에스키모에게는 얼음판에서 썰매를 끌어주어 유일무이한 교통수단이 된다. 세관에 가 보면 개의 특이한 후각을 이용하여 사람의 힘이 미치지 못하는 폭발물과 마약을 탐지하고, 다른 짐승이나 낯선 사람이 집에 침범을 하면 그들과 일전을 벌일뿐더러 짖음으로써 사전에 외부의 이상한 징후를 우리가 알게 해준다. 그뿐이 아니다. 늙어서는 개가 좋은 친구가 된다. 어쩌면 자식들보다도 더 가까운 사이가 되어 외로움을 달래주기도 한다. 자식들도 어른이 되면 제 목소리를 내기 때문에 의견충돌이 생기게 된다. 그러나 개는 주인에게는 충성심이 있고, 말을 못하니 저항하지 않고 순종만을 한다. 또한 표정과 몸짓으로 사람과 서로 많은 교감을 한다.

한국의 대표적인 개는 진돗개와 풍산개 그리고 삽살개를 으뜸으로 꼽는다. 또한 늑대와의 교접으로 생산된 것으로 추정을 한다. 특히 진돗개는 늑대와 많이 닮았다. 얼마 전, 한국관광공사 사장이었던, 독일인으로 한국에 귀화한 이참의 진돗개와 한국인의 특성과 비슷하다는 이론은 많은 한국 사람들에게 공감대를 형성했다. 그의 말을 빌리면 독일이 원산지인 셰퍼드와 한국의 진돗개는 습성이 달라도 너무 다르다는 것이다. 셰퍼드는 어미가 새끼를 여러 마리 낳아서 기르다 보면 일정한 기간이 지나서는 서열이 정해지고 서열에 따라서 먹이를 먹고 모든 행동을 질서정연하게 한다고 했다. 그러나 진돗개는 서열이 없다고 했다. 오늘의 대장이 내일에는 또 다른 도전자에 의해 다음 순위로 밀리는 일이 반복 된다고 했다. 하루도 편할 날이 없이 싸움이 계속된다고 했다. 마치 우리나라 정치인들이 눈만 뜨면 서로 으르렁 거리며 싸움을 하는 것과 같다고 했다. 언제고 최고의 정상에 오를 수 있다는 신념이 오늘의 싸움을 계속하게 하는데 이는 한국인의 끈기 있는 도전정신을 말한다고 한다.

진돗개가 매일 싸움을 해도 공동의 적이 나타나면 언제 싸움을 했느냐 할 정도로 일사분란하게 단결해서 공동의 적을 무찌른 다고 했다. 진돗개가 산돼지 사냥을 할 때 관심 있게 관찰을 하면 산돼지를 구석으로 모는 놈, 뒷다리를 물어 제치는 놈, 앞에서 산돼지의 목을 무는 놈 등 역할분담을 해서 공격하기 때문에 몸집이 큰 산돼지도 끝내는 쓰러지고 만다고 했다. 사냥이 끝나고 나면 저희들끼리 또 싸움이 시작된다. 공동의 목표가 있을 때는 무서울 정도로 단결이 된다. 마치 임진왜란 때 민초들이 왜군을 무찌른 것과 같고, 가난에게 벗어나자고 벌린 새마을 운동이 그렇다. 위정자는 늘 공동의 목표를 설정하고 뒤에서 국민들을 신바람 나게 독려만 하면 된다는 것이다.

진돗개는 승부욕이 강해 몇 차례를 싸움에서 지더라도 끈질기게 도전하여 상대를 굴복시키는 끈질긴 면과 주인에 대한 충성심 그리고 주인의 마음을 알아보는 영특함이 한국인을 닮았다고 이참은 말한다. 미국에서 진돗개를 경찰견으로 쓸 목적으로 훈련을 시킨 적이 있었는데 현장투입을 포기 했다고 한다.

이유는 간단하다. 리더에 대한 복종심이 전혀 없는 독불장군 행세를 하기 때문에 팀워크를 할 수가 없다는 판정을 받았기 때문이다. 이는 우리에게 시사하는 바가 크다

개와 사람과의 얽힌 이야기는 수도 없이 많다.

고려시대 최자가 쓴 보한집에 실린 내용 중에 오수의 개에 대한 이야기는 너무나도 유명하다. 이야기의 줄거리는 이렇다. 개 주인이 시골의 장마당 주막집에서 술을 많이 마시고 마을로 돌아오는 길에 양지 바른 곳에서 잠이 깊게 들었다고 한다. 주인이 잠을 자는 동안에 산불이 났다. 개는 주인에게 불길이 가지 않게 하기 위하여 물가에 가서 몸에 물을 묻히고는 주인이 있는 현장으로 뛰어와 불길에서 뒹굴고 하는 일을 새벽까지 반복하다가 새벽녘에는 기진맥진하여 죽었다고 한다. 술에 취했던 주인이 잠에서 깨어나 죽은 개를 보고는 감탄을 했다는 이야기다. 개의 충성심을 이야기한 것이다. 전북 임실군 오수리에 가보면 오수견비가 있어 보는 이들의 심금을 울린다.

개는 후각 못지않게 청각이 사람의 8배나 된다고 한다. 2011년 7월에는 서초구 우면산 자락에 자리를 잡은 전원마을이 산사태로 인하여 쑥대밭이 된 적이 있다. 마을 뒷산 골짜기 초입에 윤성이네가 있다. 개가 컹컹 짖고 방문을 두드리며 야단법석을 떨어 윤성이 아버지가 하도 시끄러워서 방문을 열었더니 멀리 계곡에서 물이 몰려오는 것이 보였다고 한다. 윤성이네는

피신을 할 수 있었지만 강아지 새끼들은 모두 비에 씻겨 떠내려갔다. 문을 두드리며 구원을 요청했던 어미는 여름 내내 폐허가 된 그 집을 떠나지 않고 살았기에 윤성이네가 음식을 날라다 개에게 주는 해프닝이 벌어졌다. 자기가 낳은 자식을 유기하고, 하늘같은 부모를 살인까지 서슴지 않는 오늘의 세태를 보노라면 "개만도 못한 놈"이란 말을 되새겨 볼 필요가 있다는 생각을 한다.

우리 집 퍼그는 키가 25cm, 체중이 7kg, 머리에서 꼬리 부분까지 몸 전체의 길이가 40cm 밖에 되지 않는 아주 작은 애완용이다. 얼굴이 참으로 못 생겼다. 턱에서부터 코 부분까지는 까만색이고 양미간은 넓은 편이나 눈이 체격에 맞지 않게 크고 눈알이 붉은색을 띤다. 이마에서 코까지는 산골짜기 같이 세로로 네 개의 큰 주름이 있고 콧구멍은 하늘을 향한 들창코다. 참으로 못 생겼다. 미국의 링컨 대통령을 연상하게 한다. 키가 작은 사람은 키 큰 사람을, 뚱뚱한 사람은 늘씬한 사람을, 못 생긴 사람은 잘 생긴 사람을 부러워한다.

전쟁터에서는 키가 큰 사람은 작은 사람보다도 총에 맞아 죽을 확률이 높다. 키가 큰 사람은 버스에서도 고개를 숙여야 하지만 작은 사람은 그럴 필요가 없다. 그뿐인가 기성복 매장이나 신발 가게에 가면 체구가 작은 사람은 취향에 맞는 옷이나 신발을 마음대로 살 수가 있다. 그러나 키가 크거나 체격이 큰 사람은 취향에 맞는 물건을 찾기보다는 몸과 발에 맞는 사이즈가 있느냐가 문제다.

　남녀관계에 있어서도 외관보다는 마음씨가 좋은 사람과의 만남이 오랜 관계를 맺게 됨은 주지의 사실이다. 창조주는 늘 공평하다. 한 다리가 길면 한 다리를 짧게 만들어 놓았다. 한 가지 좋은 점을 주면 한 가지는 불편함을 준다. 불편함을 스스로 극복하면서 사는 사람의 삶은 풍요롭고 성공한 삶을 살 수 있지만 불평만을 하는 사람은 불행한 삶을 살게 된다. 장님이고 귀머거리였던 헬렌 켈러의 삶은 귀감이 된다.

　강아지 퍼그는 애정표현을 잘 하고 아주 상냥하다. 눈치가 빠르고 영리하다. 산책을 좋아하고 화초 용설란도 먹고 잔디도 소같이 뜯어 먹는다. 풀을 먹는 강아지다. 원산지는 중국이었으나 15세기에 영국으로 건너가 많은 사람들의 사랑을 받았다고 한다. 우리 마을의 인근에 사는 사람들은 우리 집 퍼그를 모르는 사람이 없다. 사람을 좋아한다. 짖기는 하되 사람을 물지는 않는다. 저를 좋아하는 표시를 하면 초등학생들이 교장선생님을 만나면 교장선생님의 사랑을 받으려고 고개를 숙이듯이 머리를 숙인다. 머리를 쓰다듬지 않을 수가 없다.

　아침이면 현관문을 발로 긁고 소리를 낸다. 산책을 가자는 말이다. 목사리를 들고 곁으로 가면 좋아서 펄펄뛴다. 산책을 좋아한다. 귀엽기 한이 없다. 목사리를 목에 매면 쏜살같이 대문으로 뛰어간다. 마을길을 지나 산길로 접어들면 어김없이 주위를 뱅글뱅글 돈다. 배설 준비를 하는 행위다. 소변을 볼 때는 몸에 배설물이 묻지 않도록 뒷다리를 지면에 바싹 붙이고 일을 본다. 대변을 볼 때는 등이 굽을 정도로 치켜세우고 온힘을 다해 치약 짜듯이 배변을 한다. 그리고는 뒷다리로 땅을 파고는, 쭉 앞으로 뛰어간다. 배설물을 적에게 보이지 않으려는 본능에서 오는 야성의 습관이다. 전봇대에서는 딴 개들이 지나간 냄새를 맡고, 잡초들이 우거진 곳에서는 킁킁 거리면서 냄새를 맡는다. 마약 중독자가 코카인을 코로 흡입하듯이 이곳저곳을 찾아다니면서 잡초가 있는 곳에 오랫동안 머문다.

가랑잎이 쌓인 곳에서는 뒹굴면서 놀다가는 또 앞으로 뛰어간다. 추우나 더우나 집에 있는 아침에는 그놈과 산책을 해야 한다. 건강에도 좋다. 어쩌면 그놈 때문에 귀찮아도 산책을 해야 하니 그놈이 건강지킴이 역할을 톡톡히 한다. 산책을 마치고 돌아오면 정확하게 집을 찾아온다. 손자와 손주 녀석이 3살 정도일 때는 집을 찾아오지 못했었는데, 한 살이 겨우 넘은 이놈이 찾아오는 것을 보면 신기하기도 하다.

외출복을 입고 나가면 현관에서 치켜보기만 한다. 다른 남자가 생긴 옛 연인 같이 냉담하다. 그러나 외출에서 집으로 돌아올 때는 반갑게 다가와 꼬리를 흔든다. 어릴 때 외할머니가 우리 집에 오면 손에 먹을 것을 들고 왔나를 확인하기 위해 손을 먼저 쳐다봤다. 퍼그도 똑 같은 행동을 한다. 다름이 있다면 몸에 냄새를 맡고 눈과 눈을 맞추면서 표정을 계속 살피는 것이다. 한 마디로 눈치가 빠르다.

끌고 온 그림자를 되돌아보니 금년이 결혼한 지 50년이 되는 금혼(金婚)이다. 어제같이 짧은 것 같지만 긴 세월이다. 평생을 살아오면서 참으로 많은 사람들과 관계를 맺으면서 살아왔다. 가장 안타까운 것은 I.Q 지수는 높은데 E.Q 지수가 낮아, 사람과 사람사이의 관계설정을 잘못하고 처신을 잘못해서 늘 따돌림을 당 하면서 세상을 살아가는 사람이다. 끝내는 감옥살이를 하는 이도 상당수가 있다. 출소 후에도 반성은커녕 억울하다고 자기변명만 늘어놓는다. 그들의 내면을 들여다보면 상대에 대한 배려가 전혀 없을 뿐더러 안하무인이고, 눈치가 없고, 염치도 없다. 목적이 있으면 수단방법을 가리지 않는다. 또한 사물을 보는 눈이 부정적이고 이기적이다. 해박한 지식은 있으나 겸손이 없다. 인성이 늘 문제가 된다. 경제대국에 걸 맞는 세계 속에 국민이 되려면 학교나 가정에서 참교육이 무엇인지 심각하게 생각해 봐야할 때라는 생각을 하게한다. 다른 나라 사람들로부터 개보다 못한 놈이라든지, 또는 이웃 일본과 같이 Economic Animal이란 손가락질을 받지 말아야 되는 것이 아닌가?

4. 우면산 중턱에서 만난 물난리

6일 만에 샤워하고 면도까지 하니 세상을 다 얻은 것 같다. 꿈은 자다가나 꾸지 생시에 이렇게 악몽을 꿀 수 있을까?

전원마을은 사당사거리에서 과천으로 너머 가는 남태령 고개 좌측 언덕 빼기에 자리를 잡은 마을이다. 집집마다 집 주인의 취향에 따라 소나무와 여러 가지 꽃나무들로 정원을 가득 채워 놓았다. 개나리, 진달래가 꽃망울을 터트리면 기다렸다는 듯이 목련을 시작으로 각종 꽃들이 앞 다투어 핀다. 우면산에 아카시아 꽃이 만발 할 때는 향긋한 아카시아 향이, 밤꽃이 필 때는 특유의 밤꽃향이 거실로 스며들고, 가슴이 답답할 때는 앞산인 관악산을 바라보노라면 마음이 후련해지는 200여 호의 단독주택이 남향으로 옹기종기 들어선 곳이다. 각박한 세상에 앞집과 뒷집 그리고 옆집이 살갑게 정을 나누며 사는 시골마을이다. 어쩌면 나 같은 촌놈이 살기에는 안성맞춤인 곳이기에 경제성을 떠나 오랫동안 살아왔다. 이곳에서 삼남매 모두 교육을 마쳤고 결혼까지 해서 둥지를 떠난 지 꽤나 오래 됐다. 기간으로만 계산하면 고향인 평택보다도 더 긴 세월인 30여 년 가까이를 이 마을에서 살았다. 제2의 고향이다. 이곳에서 생을 마감하기로 생각을 굳힌 곳이기도 하다.

남태령이라고 고개 이름을 지은 사연은 이렇다.

조선시대의 정조가 한이 많게 세상을 등진 아버지 사도세자의 묘소가 있는 수원으로 가던 어느 날 고개 마루에서 쉬면서 신하들에게 이 고개이름이 뭐냐고 물었다고 한다. 옛날부터 이곳에는 여우가 하도 많아서 일반적으로 여우고개라고 명명해서 일반인들이 불렀다고 한다. 그러나 왕에게 여우고개라고 말하기에는 좀 경망한 것 같아서 재치가 있는 신하가 기지를 발휘해서 유식하게 서울의 남쪽에 있는 큰 고개라는 뜻으로 남태령이라고 한다고 했다고 한다. 왕도 고개를 끄덕이면서 참으로 잘 지은 고개이름이라고 했다.

서울로 오는 과객이나 일반인들은 서울이 무서워서 과천서부터 기어온다고 했다. 남태령에 위치한 전원마을은 서울에서 첫번째 맞이하는 시골마을이다. 서울의 관문인 셈이다. 지금이야 편도 4차선 도로가 뻥 뚫려있어서 쉽게 넘을 수 있는 고개이지만 괴나리봇짐에 덜렁거리는 짚신 몇 켤레를 매달고 전라도, 경상도와 충청도에서 서울로 오는 이들에게는 땀을 뻘뻘 흘리면서 마지막으로 넘어야 하는 고개였을 것이다. 희망을 가지고 넘은 고개에는 도둑들이 들끓었고 한다. 옛날에는 성이 있었다고 하나 지금은 흔적도 없다. 또한 부자들이 많이 사는 마을이었으나 도적들의 행패가 심해서 부자들은 모두 장안으로 이주했다는 성 뒤 마을이 이웃하고 있다.

현재 전원마을은 장안의 번잡함이 싫고 조용함을 좋아하는 사람들이 직장과의 근접성 때문에 이곳에 정착을 한 사람들이 많다. 또한 치열하게 한 세상을 산 사람들이 퇴직 후 낙향하기에는 고향이 너무 멀고, 살아오면서 맺은 인연들과 가까이서 정을 나눌 수 있고, 다니던 병원을 계속하여 이용할 수 있고, 지하철역이 동네 입구에 있으니 교통의 편리함 등의 이유 때문에 딴 곳으로 이주를 하지 않은 채 살고 있다. 2011년의 여름장마로 세상에 잘 못 알려진 바도 없지는 않으나 보통사람들이 모여서 사는 조용한 그야말로 서울시 서초구에 있는 도심 속의 전원마을이다.

맑은 하늘에서 날벼락이 떨어졌다.
그해 여름, 한 달 여의 장맛비로 피해를 입지 않은 곳이 전국 어느 곳에도 없겠지만 쓰나미가 덮친 우면산 일대는 천둥번개를 치면서 새벽부터 아침까지 무서울 정도로 세찬비가 내렸다. 이런 상황을 집중호우라고 했던가? 양동이에서 물을 쏟아

붓듯이 비가 왔다. 산 중턱에 자리를 잡은 마을길에 눈 깜빡할 사이 물이 시내를 이루며 집집마다 습격을 했다. 산에서 당한 물의 쓰나미다. 물벼락인 쓰나미야 바닷가에 사는 사람들이 당하는 재앙이지만 산 중턱에 위치한 우리 마을이 이런 재앙을 맞이하리라는 것은 상상을 초월한 일이다. 기상청 발표에 의하면 당일 새벽 우면산 일대에 쏟아진 비가 400mm이고, 관악산 가에 있는 봉천동에는 6mm라고 했다. 세상에 이럴 수가 있을까? 어처구니가 없는 일이 벌어진 것이다.

밤 1시부터 천둥번개를 동반한 비가 세차게 뿌렸다. 빗소리에 잠을 이루지 못하고 뒤척이다 먼동이 트기에 장마철이면 골짜기에서 흐르는 물이 범람하던 집 뒤를 가 보았다. 물이 흐름이 심상치 않기에 우측으로 돌아서 대문 쪽으로 가 보았더니 무릎 정도 높이의 물이 거침없이 밀려오면서 대문을 통하여 마당으로 파고든다. 갑자기 당하는 일이기에 정신을 차릴 겨를이 없었다. 대문을 열고 집안에 있는 집사람을 불렀다.

집사람은 급박한 상황을 파악하고 현관에 있던 다듬잇돌을 번쩍 들고 와서 대문을 막고, 물길을 타고 내려오던 나무와 부직포로 현관 사이를 순식간에 막아 버렸다. 여자의 순발력은 참으로 대단했다. 순경의 쫓김을 당하는 도둑은 높은 담을 훌쩍 뛰어 넘는다는 말은 책에서 읽은 적은 있지만 괴력이 발생하는 현장을 목격하고는 여자의 힘에 혀를 내 둘렀다. 이미 대문 안으로 들어온 물과 대문 사이로 흘러 들어온 물이 마당을 모두 점령하고 있었다. 아래로 흐르는 것이 물의 속성이니 다음 차례는 지하실이 아닌가? 무릎을 꿇고 상체를 숙인 다음 마당 중앙에 있는 하수구의 구멍을 찾아 뚜껑을 열었더니 물이 쏴하는 소리를 내면서 쑥 빠진다. 일차적인 화를 면했다.

몇 시간의 골짜기에서 내려온 물 때문에 온 동네가 쑥대밭이 됐다. 마당과 지하실에는 진흙이 꽉 차였고, 상수도는 막혔고, 전기는 끊어지고 전쟁터를 방불 하는 현상이 눈으로 들어온다. 6·25때 기총소사를 받아 순식간에 피난민 행 열이 갈라지고, 산 사람들은 한 참 후에나 가족을 찾아 나서는 광경이 머리를 스친다. 자동차를 옮겨 놓으려고 밖으로 나갔다가 갑자기 나무가 쓰러지면서 사람을 덮쳐서 죽은 사람, 지하실에 있다가 밀려오는 물을 감당 못하고 죽은 아기와 엄마, 물에 쓸려 내려가다가 죽은 노인 등 우리 마을에서만 6명이 죽었다.

모두가 자기 집을 원상태로 해 놓기 위해 구슬땀을 흘린다. 마을의 컨트롤 타워가 없어진 것이다. 하나의 일에 부딪치면 우왕좌왕하며 시간을 낭비할 수밖에 없다. 대개의 집들은 반 지하에 두 세대에게 세를 주게 되어 있는 형태다. 세든 집들은 진흙 때문에 가구와 가전제품이 망가지고 잠도 잘 수 없을뿐더러 취사도 불가능한 상태가 됐다. 난처한 입장에 처한 세입자들은 모두 피해가 없는 등대교회로 몰려갔다. 그곳에서 숙식을 해결하고, 그곳이 컨트롤 타워 역할을 했다.

맞은편에 주둔하고 있는 수도경비사령부 부대원들은 비를 맞으며 집집마다 지하실에 쌓인 진흙을 모두 밖으로 파내는 일을, 서울 곳곳의 소방서원들은 소방차로 말끔히 청소를 해주고 심지어 마당 잔디 위에 쌓인 진흙까지 소방호수를 대고 씻어 주었다. 수도사업소 직원들은 비를 맞으며 개울가 흙탕물 속에 몸을 던져 상수도 복구에 여념이 없었고, 한국전력 직원들은 가가호호 문을 두드려 끊어진 전선을 이어 빛을 보게 해주었다. 가전제품 회사들은 길가에 수리소를 설치하고 자사제품과 타사제품을 가리지 않고 무상으로 수리를 해주었다. 많은 자원봉사자들이 모여들어 주민의 불편을 해소하는 일이라면 무엇이든지 해 주었다.

전 관광공사 사장 이참의 말대로 한국인은 공동의 목표가 있을 때 물불 가리지 않고 일을 해내는 저력을 볼 수 있었다. 흙투성이가 된 제복을 입고 비를 맞으면서 복구 작업에 혼연일체가 된 공무원, 군인, 경찰, 소방대원, 수도사업소 직원, 한전직원, 가전제품회사, 자원봉사자 등 그들의 이마에 흐르는 구슬땀을 보면서 이 나라를 이끌어 가는 힘이 어디에서 나오는지를 알았다. 말없이 행동으로 어둠을 밝히는 한 자루의 촛불이고 아름다운 세상을 만들어 가는 버팀목이다.

마을 위에는 세 개의 골짜기가 있다. 골짜기의 물은 마을의 외곽으로 빠져나가게 함이 옳은 토목시공방법인 것으로 알고 있다. 이곳은 골짜기 마다 마을의 중심으로 하수구를 뚫어 놓았으니 물이 많을 때는 용량이 넘쳐 길 위로 물이 흐르고는 했다. 우면산은 왕족의 후손 아니면 옛날 벼슬아치들, 신흥종교 집단, 신흥재벌들의 소유이고 보니 보상을 해 줘도 팔지 않겠다는 측과 많은 보상을 원하는 사람들이었으니 마을을 처음 설계한 사람들의 고충도 이해가 간다.

전원마을 외곽의 땅도 예외는 아니다. 그러나 최소한 골짜기 물을 소화할 수 있는 큰 하수구는 묻었어야 한다는 생각을 한다. 하수구는 땅에 묻혀서 보이지 않는 부분이니 비용절감을 위해 설계와는 다른 하수구를 묻었다면 할 말은 없다. 소 잃고 외양간 고치는 격으로 현재는 큰 하수구를 묻었고 골짜기마다 너무하다 싶을 정도로 치수공사를 해 놓아 경관도 좋아졌고 큰 비에도 아무 이상이 없다. 애초에 큰 하수관을 묻었거나 마을 외곽으로 물을 처리하는 시공을 했다면 하는 아쉬움이 남는다.

힘든 일을 해주는 분들은 피를 나눈 가족도, 멀리서 안타까워하면서 발을 동동 구르고 있는 친구도 아니었다. 죽음을 앞둔 어느 분의 마지막 말이 뇌리를 스친다. 몇 년 동안 병고에 시달려 보니 주위의 모든 사람들이 의례적이었다. 마지막 진정한 친구는 자원봉사자와 호스피스였다. "내 재산의 모두를 어둠을 밝히는 그들에게 나누어 주라"는 마지막 유언이 가슴에 와 닿는다. 이름도 성도 모르는 이들의 도움으로 이제는 전기가 흐르고, 수돗물이 콸콸 나오고, 밀려온 진흙과 쓰레기까지 깔끔

하게 치워주니 제 정신이 난다. 그간 전화와 문자메시지로 위로
와 격려를 해 주신 여러분께 뜨거운 감사를 드린다.

장맛비 속에서 겸손과 비움을 배우다

긴 장마철에 눅눅해진
마음의 문을 열고 싶으면
우산 하나 손에 들고
산이나 들로 나갈 일이다

들녘에는 초록바다의 물결
이는 바람에 모두 고개 숙이고
나무 잎에 방울진 빗물은
고개 숙여 땅으로 떨어뜨리고

다시 곧게 선 나뭇가지
비움을 가르친다

은평구 진관사 내시들의 묘역에선
한세상 치열하게 살아보니
부귀영화도 별것 아니더라고
후회는 앞서는 법이 없으니

바르게 살라고
바르게 살다오라고
빗속에서 내시들의 아우성이 빗발친다

– 김원호 시집 『숲에서 들리는 소리』 '장맛비 속에서 겸손과 비움을 배우다' 전문

5. 좀 봐줘요

다음(daum)과 국어사전에서 찾아보면

본말 보아주다(1)

어떤 사람이 다른 사람의 입장을 살펴 이해하거나 배려해 준다.

본말 보아주다(2)

어떤 사람이 다른 사람이나, 일의 잘못을 덮어 주거나 용서해 주다

라고 되어 있다.

'좀'이 부사로 쓰일 때는 정도나 분량이 적게. 조금의 뜻이라 했다.

시집온 새 색시가 시댁에서 윗분들을 대하기가 어려워서 또는 일처리가 미숙해서 저지른 실수를 시댁 식구들이 사랑으로

감싸주며 문화가 다른 가정에서 더불어 사는 방법을 알려줌은 참으로 아름다워 보인다. 그러나 시댁의 가풍 또는 사회규범에 어긋나는 일에 대하여 고의성을 가지고 밥 먹듯이 행한다면 많은 문제를 야기할 수 있다고 봐야 한다.

우리는 상대에게 잘못을 행했을 때, 범법행위를 했을 때 그리고 더 예쁘게 보이고 싶었을 때, 상대와 일의 경중에 따라서 "좀 봐줘요!" 라는 말을 여러 형태로 쉽게 사용 한다. 원칙과 법에 따라 행동하는 일에 익숙하지 못한 것과 역지사지(易地思之)의 입장에서 상대를 배려하지 못함은 문제 중에 문제인 것이다. 상대에게 부탁을 했을 때 상대의 입장에 따라서 들어주지 않을 때 감정을 섞어 내뱉는 말은 "법대로 해" 라는 말이다. 이 말의 진의는 상대에게 나쁜 감정이 있다는 뜻이다. 어떻게 보면 공갈이고 앞으로 너에게 해코지를 하겠다는 경고이기도 하다. 심할 때는 "너 죽고 나 죽자"라는 말도 거침없이 한다. 서양 사람들은 이해를 못하는 말이다. 그들은 너를 죽이는 것은 내가 살기 위해서 너를 죽이는 것이라고 한다. 논리적으로 보면 맞는 말이다. 우리의 말이 다분히 감정적이지 않을까?

우리가 살고 있는 사회는 학연(學緣)과 지연(地緣) 그리고 혈연(血緣)으로 똘똘 뭉쳐서 돌아간다. 동물의 세계에서 약한 동물들이 뭉쳐서 살아가듯이 말이다. 서로서로 의지하며 돕고 살아가는 것을 탓함이 아니다. 굽은 것을 곧게 펴는 정의로운 일이나, 억울한 일 당해서 밤잠을 이루지 못할 때 세 곳 중에 연이 닿는 곳을 찾아가 해결책을 얻어온 다면 얼마나 좋은 일이고 좋은 인연이냐? 다정다감하고 정이 많은 우리민족이기에 우리에게 만 있는 얼마나 아름다운 풍경이겠는가?

법과 원칙에 따라서 성실하게 살아가고 있는 사람을 골통이 니 불통이니 하면서 심하면 벽창호 취급을 한다. 마음속으로 상대 못할 사람으로 치부를 해 버리고 상대에게서 일어나는 모든 일에 대하여 불이익을 주는 언행을 일삼는다. 그뿐이 아니다. 힘없는 농민으로부터 권력의 정점에 있는 사람까지 폄하 하고 증오하는 대상이 되며, 보이지 않는 그늘에 숨어서 상대가 쓰러질 때까지 비겁한 음모를 계속 한다. 참으로 한심한 노릇이고 개선해야할 성품이다.

"목표를 잃는 것보다, 기준을 잃는 것이 더 큰 위기"라고 했다. 오죽하면 "김영란 법"이라는 법을 제정했겠는가? 이는 곳 청탁금지법이고, 부정부패를 이 땅에서 몰아내어 정의로운 사회를 만들자는 것이 아니겠는가? 필자는 법은 잘 모른다. 그러나 자세히 들여다보면 기준을 정하고 기준을 넘는 행위는 하지 말자는 이야기다. 그러나 법을 만들고 법을 통과시킨 입법부의 국회의원들은 기준에서 벗어나 있음을 쉽게 알 수 있다. 기준에서 벗어난 일은 절대로 하지 않는 이들만이 20대 국회를 구성한다면 얼마나 좋은 일인가 하고 자문자답을 해 본다.

6. 별난 취미

고산 윤선도(1587~1671)는 오우가(五友歌)에서 친구는 水 石 松 竹 月이라 했다. 칠십 평생을 따라다니며 희로애락(喜怒愛樂)을 함께한 친구는 고스톱, 골프, 그리고 여자다. 고산은 우아하고 고상하게 자연을 벗하였다. 소인배는 사행성을 의심받는 고스톱, 한국에서는 부자들의 놀이로 취급받아 서민들이 터부시하는 골프 그리고 여자를 좋아한다니 취미치고는 별난 취미가 아니겠는가? 삼십대 후반에 몰입한 골프를 제외한 나머지는 유년기부터 좋아했다.

보름명절 밤에는 남녀노소 모두가 달맞이하러 뒷동산에 올라서 달이 벌겋게 동녘에서 솟아오를 때에 맞추어 한 해의 소원을 두 손 모아 간절히 빌었다. 행사가 끝나고 나면 모두 동산에서 내려와 누가 지시한 바도 없는데 나이별로 성별로 끼리끼리 한 집에 모여서 놀이를 했다. 어머니의 치마끈에 매달려서 아낙들의 모임에 한 구석을 차지했던 꼬마 녀석들도 여섯 살 정도가 되면 엄마 품에서 떨어져 나와 또래들끼리 모여서 화투를 가지고 민화투 놀이를 했다. 시골 아이들은 자연스럽게 화투를 접하게 된다.

소년기에는 열심히 공부하면서 유도(柔道)에만 전념했다. 청년기에는 놀음판에서 향토장학금인 등록금을 하루 밤에 모두 잃고 등록을 못하는 딱한 입장에 처한 친구들을 보기는 했지만 그곳에 신경 쓸 경제적인 여유가 없었다. 문제는 직장생활을 시작하면서 섰다와 고스톱을 익혀가면서 졸저『하이 고스톱』의 3장에 있는 고스톱 인생살이에서 이야기했듯이 세 번째 고개를 아슬아슬하게 넘겼다. 남자가 신용을 잃으면 세상을 살수 없다면서 집 사람이 갚아준 노름빛 덕택에 늪에 빠지지 않고 오늘을 살 수 있었다. 지금도 동호인들 끼리 모여서 즐기고, 온라인상에서도 즐기고 있다.

어머니는 생선의 가운데 토막 또는 소고기를 뚝배기에 바글바글 끓여서 할머니에게만 드렸다. 식성 좋은 소년은 할머니 상에서 눈을 떼지 못하고 군침을 삼키면, 할머니는 손자 녀석을 곁에 앉히고 맛있는 음식을 입에 넣어주었다. 어머니의 눈치는 아랑곳 하지 않고 할머니 사랑만을 덥석덥석 받아먹었다. 할머니가 돌아간 이후에도 그 버릇을 고치지 못하고 성장을 했다.

어머니도 맛있는 음식을 먹을 수 있다는 사실은 자식을 키우면서 알았다. 어머니의 가없는 사랑! 칠십이 넘은 이 나이에도 어머니 생각을 하면 가슴이 찡해오고 눈가에 이슬이 맺힌다. 집사람 칭찬을 하면 팔불출이라 했지만 오늘이 있기까지는 내조의 힘이 얼마나 컸었나를 알겠다. 두 딸들이야 말할 것도 없고 눈에 넣어도 눈이 아프지 않은 손녀들은 바라만 보아도 흐뭇하다. 이런 여자들을 어찌 좋아하지 않을 수 있겠는가?

늦게 배운 도적질이 밤 가는 줄 모른다고 했다. 박세리가 LPGA에서 우승을 하던 날 우리 모두는 기쁨을 만끽했다. 세리키드들은 어릴 때부터 청운의 꿈을 안고 꿈을 키워가서 세계를 제패하는 일이 다반사로 일어났다. 오죽하면 골프의 본고장 코쟁이들이 한국선수들을 배제하는 규칙까지 만들기를 시도 했겠는가? 지금의 70대들은 일본의 식민지시대 때 태어나서 6·25라는 쓰라린 전쟁을 체험한 세대다. 풀밭에서 골프채를 휘두른 다는 것은 꿈의 향연이다. 단점이 없지는 않지만 골프는 돈이 적게 드는 사교장의 역할도 하고 건강증진에도 많은 도움이 된다. 많은 비용이 드는 술을 퍼마시는 일 보다는 몇 배나 경제적이고 건전한 놀이인지는 해보지 않은 사람은 모른다. 내가 하면 로맨스고 타인이 하면 불륜이라 했던가?

21년 전에 생산된 발레타인 스카치위스키에 치즈를 씹으면서 취하는 거나, 삼겹살에 소주를 마셔 취하는 거나 취하기는 마찬가지다. 돈 만원에 즐길 수 있는 파크골프나, 십 여 만원을 들여 즐기는 정규골프장이나 즐기기는 만족도는 같다. 많은 곳에 기고를 했고 정책당국에 건의도 해봤다. 메아리 소리는 들어 보았지만 실현된 현장은 보질 못했다. 힘없는 소시민의 목소리는 한낮 푸념에 지나지 않는가 보다. 부자와 가난한 사람들이 불평이 없이 공존하는 세상을 선진국들은 열고 있는데 우리는 아직도 갈 길이 멀다. 세월이 약이라 했던가? 언젠가는 되겠지.

뇌세포가 원활하게 움직이지 않고, 몸의 유연성을 잃어가는 지금이다. 젊음의 뒤안길에서 생각해보면, 좋아했던 고스톱도 한 때는 고수를 자처했고, 골프도 타의 추종을 불허하는 싱글 골퍼라는 생각을 했다. 지금은 이가 빠진 호랑이가 됐지만 지금도 골프와 고스톱을 즐기면서 산다. 좋아했던 여자들이라면, 할머니, 어머니, 집 사람, 두 딸 그리고 세 손녀다. 그들에게 말하고 싶다. 하늘 땅 만큼 사랑했고 지금도 사랑하고 있노라고.

고스톱을 치면서

너와 함께라면
온 세상 쓰레기
하얗게 덮어 버리는
눈이여서 좋고
텅 빈 가슴을 적셔주는
가랑비여서 좋다.
산모퉁이를 돌아가면서
흔들던 아쉬움의 손짓을
잊을 수 있어 좋고
고개를 넘을 때마다
살갗을 찢어 내던
아픔을 잊을 수 있어 좋다.
밤을 하얗게 누벼도
밤이 가는 건지
내가 가는 건지
새벽은 오고
또 밤이 줄 다름 쳐오네그려
시간 속에 녹아 있는 사람
지나치는 세월을 누가 알겠나

– 김원호 시집 『숲에서 들리는 소리』 '고스톱을 치면서' 전문

7. 이팝꽃이 필 때 생각나는 사람

　가을에 야산이나 호숫가를 거닐다보면 수많은 갈대와 억새풀을 만나게 된다. 갈대는 많은 사람들에게 사랑을 받고, 또한 뭇 시인들의 시제가 되기도 하지만 도시에서만 살았거나 농촌에 살았어도 관심이 없든 분들에게는 갈대와 억새풀의 분간이 쉽지 않다. 쉽게 구분하는 방법은 갈대는 습지나 갯가 또는 호수 주변에 서식하고 억새는 산과 들에서 자란다. 갈대의 줄기는 마디가 있고 속이 비어있으며 술이 담 백색이다. 그러나 억새는 가운데 맥이 있고 술이 은빛 또는 흰색을 띤다.

　초여름이 되면 산야에 흐드러지게 핀 이팝꽃과 조팝꽃의 구별이 또한 쉽지 않다. 이들 꽃을 처음 접하는 분들은 헷갈리기가 쉽다. 조팝꽃은 싸리꽃과 같이 가는 나무에 좁쌀을 붙여 놓은 것처럼 꽃이 다닥다닥 피어있다. 조팝나무는 장미과이기에

넝쿨처럼 군락을 이루어 있다. 이팝꽃은 쌀밥을 연상하게 하는 흰 꽃이 큰 나뭇가지에서 하늘을 향해 꽃술이 소담하게 피어있다. 꽃이 피는 기간이 길고 향기로워서 정원의 조경수, 특히 가로수 등으로 많이 쓰여 진다. 또한 물푸레나무과 나무다. 분포도를 보면 중국과 일본에도 서식하고 있다. 우리나라에서는 경상도와 전라도 지방에 많이 서식하며 수령이 몇 백 년씩 된 나무도 많이 있다. 그러나 기온의 변화로, 지금은 중부지방에서도 흔하게 볼 수 있는 나무다.

이팝나무의 어원을 보면, 그 당시 서민들은 먹을 엄두도 못내는 쌀밥을 이성계 직계의 왕족이나 집권자들만이 일 년 내내 먹을 수 있었기에 이 씨들의 밥이라 해서 이밥나무라 했고, 사투리로 이밥나무를 이팝나무라 했다는 설도 있고, 여름이 시작되는 입하에 때맞추어 나무에 피는 꽃이라 해서 입하 꽃이라는 설도 있다. 여름이 시작되는 시기는 서민들에게는 참으로 견디기 힘든 보릿고개라는 고개가 기다리고 있다. 인생길을 되돌아보면 넘어야할 슬픔고개, 괴로움을 참고 번민해야하는 괴로움고개가 있고, 산을 오르다보면 정상까지는 넘어야할 고개들이 수없이 기다리고 있지만 보릿고개같이 넘기 힘든 고개는 없지 않은가?

보릿고개는 굶주림을 참아야하는 고개이기 때문이다. 농경사회에서는 서민들이 봄부터 여름까지 피땀 흘려 가꾼 농작물을 가을이면 추수를 해서 겨우내 쌀밥을 먹고 여름이면 보리쌀로 연명을 한다. 불행이도 대부분이 영세농이었던 옛날에는 춘궁기에 보리를 수확하는 여름까지 연명을 할 수가 없어 보리열매가 익기 전에 보리를 밭에서 미리베어 가마솥에 쪄 식량으로 사용을 했다. 의식주(衣食住)라 함은 우리가 일상생활에서 몸에 옷을 걸치고, 먹고 자는 문제를 말함이다. 우리의 역사를 들쳐보면 서민들까지 먹고 자고 입는 일에 자유로운 적이 있었던가? 그렇게 우리의 5000년 역사가 흘러왔다.

오죽하면 북한의 최고 통치자가 이밥에 고깃국을 먹이겠다는 말을 국민에게 했겠는가? 그 말을 국민들에게 한 지가 70여 년이 지난 지금까지 굶어죽는 서민들이 수 백 만에 이른다는 슬픈 소식이 우리에게 전해질 때는 가슴이 아프다. 그들이 동족이기에 가슴이 더 아려오는지도 모르겠다. 남한에는 게으른 자, 수족을 움직일 수 없는 독거노인 그리고 결손가정의 어린이들에게까지도 정부와 각계각층의 따뜻한 손길은 계속하여 뻗쳐지고 있다. 보릿고개라는 말이 지상에서 없어진지가 오래됐다. 일부 정치인들은 입만 열면 "국가와 민족을 위하여"라는 말을 즐겨 사용하고, 어떤 이는 입에 달고 다니는 이도 있다. 말과 행동이 다른 그들의 행태는 많은 국민들을 실망하게 한다. 그러나 다행스럽게도 우리들에겐 훌륭한 지도자가 있었기 때문에 그 지긋지긋한 반 만 년의 가난의 굴레에서 벗어날 수 있었다는 생각을 한다.

영국과 프랑스의 반대에도 불구하고 소련의 당서기 고르바초프와 미국의 대통령 부시의 용인 하에 독일이 통일대업을 이루었듯이 중국의 시진핑 주석과 미국의 오바마 대통령이 우리의 휴전선을 없애는 문제에 일조를 해주어서 남북통일이 되고, 세계로 쭉쭉 뻗어가는 우리가 됐으면 얼마나 좋겠는가? 국제정치는 역학관계에 복잡하게 얽혀있다. 윌슨의 민족자결주의, 민족자주통일, 이 얼마나 아름답고 희망에 찬 말이냐? 주변의 큰 나라들의 이해관계가 서로 맞아 떨어지는 함수 관계가 있거나 아니면 전쟁을 통하지 않은 통일은 아직까지는 보지를 못했다.

독일의 동서독 통일이나, 베트남의 남북통일이 우리에게 말해주는 바가 크다는 생각을 해 본다.

이팝꽃이 만발할 때 내 고향, 평택을 찾으면 밀짚모자 밑에 흰 이를 드러내놓고 티 없이 웃으면서 인사를 받던 정다운 우리 이웃 아저씨를, 노동에 시달리면서도 영양실조로 얼굴이 누렇게 뜬 그들의 모습이 어제와 같이 가슴 속을 파고든다. 이제는 그들 모두가 배불리 먹어 보지도 못하고, 멋진 옷 몸에 걸쳐 보지도 못하고, 새우잠 자며 일만 하다가 역사 속으로 사라졌다. 참으로 안타까운 일이다. 혼이 있다면 후손들이 제사상에 부담 없이 올린 이밥과 고깃국이라도 보시면서 흡족해 했으면 하는 바램을 가져 본다.

보성골프장 레이크 코스

김원호

짝을 찾는 개구리들의 노랫소리
계곡을 흔드는
레이크 코스

가녀린 연록 나뭇잎이 피어나고
이팝나무 흰 꽃이 활짝 펴서
사랑의 허기를 달래주네

근심 걱정 머금은 공
힘껏 쳐대니
푸른 하늘 가르고

이 저곳 골짜기에 부딪쳐
되돌아오는 굿샷의 함성
개구리 사랑노래와 범벅이 된다

순간의 사랑을 놓쳐 버릴까 봐
마음 졸이는
아름다운 신록의 계절

8. 장님의 등불

　장님 한 사람이 머리에 물동이를 이고 손에 등불을 든 채 걸어오고 있습니다. 마주 오던 한 사람이 물어 보았습니다. 앞을 볼 수 없는데 등불을 왜 들고 다닙니까?
　맹인이 대답했습니다.
　당신이 제게 부딪히지 않게 하기 위해서요. 이 등불은 내가 아닌 당신을 위한 것입니다.

　일본의 부모들은 자녀에게 어느 장소에서든 남에게 폐를 끼치는 행동을 하지 말라며 훈계한답니다.
　미국의 부모들은 자녀에게 남에게 양보하라고 가르친답니다.
　그에 반해 한국의 부모들은 자녀에게 절대 남에게 지지 말라고 가르친답니다. 우리에게 왜 배려와 겸손이 쉽게 자리를 잡지 못하는가를 알려주는 이야기 같습니다.

제가 초등학교를 다닐 때 교훈이 "씩씩한, 명랑한 그리고 지지 않는 사람이 되자"이었습니다. 그 때 박종화 교장선생님은 지금도 확실하게 기억의 한편을 차지하고 있고요. 교훈은 평생을 살아오면서 귀감이 되었습니다.

교육은 국가의 장래를 결정하는 지표라고 해도 과언이 아니란 생각을 합니다. 지지 말라고 가르쳤기에 자원도 없는 작은 나라가 세계에서 경제규모가 11위를 차지하는 대국이 되었지요. 그러나 이제는 배려와 겸손이 자리를 잡고, 법이 통하는 공정한 사회를 이루어 행복지수가 경제 규모만큼 높아지는 사회를 이루는 교육이 이루어져야 한다는 생각을 합니다.

항간에 국가는 정치인이 망치고, 기업은 노조가 망치고, 장래 교육은 전교조가 망치고 있다고들 합니다. 남을 탓하기 전에 국민 각자가 자기가 처한 위치에서 개인의 욕심을 버리고 어떻게 처신을 하는 것이 나라의 격에 맞는 처신이고 국민의 도리인지를 생각하며 행동해야 한다는 생각을 합니다. 중단이 없이 국가발전이 된다는 말은 우리 후손들이 좋은 나라에서, 세계 속에 우뚝 솟은 나라의 국민으로 살아간다는 이야기가 됩니다. 정치인과 기업인이 투명한 사회를 만드는데 앞장서서 솔선수범하고, 도덕재무장이라든지 교육의 목표도 확실하게 해서 정권이 바뀔 때마다 교육정책을 바꾸어 국민의 불평이 없도록 해야 하지 않을 까 한다.

이스라엘보다도 더 강하고 좋은 우리나라였으면 하는 어느 늙은이의 마음을 이곳에 감히 밝힌다.

9. 카카오톡을 열며

'자라보고 놀란 가슴 솥뚜껑 보고 놀란다'라는 말이 있다. 인 터넷상에서 트위터와 페이스북을 열어놓고 들랑거리다 보니 해 야 할 일에 전념할 수가 없어 몇 년 전에 닫아버렸다. 카카오톡 은 지레 겁을 먹고 휴대전화에서 열어놓지를 못했다.

집사람 전화기에서 시도 때도 없이 카톡! 카톡! 하고 방정맞 은 소리가 자주 들려오기에 슬쩍 어깨너머로 훔쳐보았더니 전 화기를 보면서 키득키득 웃기도 하고, 때로는 심각한 표정으로 화면만을 보기도 한다. 그런가하면 요즘 유행하는 백세시대라 는 유행가가 흘러나오기도 한다.

호기심이 발동해서 속을 들여다보았더니, 원 세상에! 그룹채팅 이란 이름 아래서 아들과 딸들이 손주 손녀들과 그룹으로, 처제들과 동서들도 그룹으로 모여서 가족 전체에 필요한 사항을 공지하기도 하고, 나름대로 수다도 떨며 소통을 하고 있었다.

늙기도 서러운데 가까워야 할 가족들과 가까이 있으면서도 멀리 떨어져서 왕따를 당한 기분이었다. 만시지탄이 없지는 않지만 본인이 자초한 일이니 급히 전화기 대리점에 가서 여직원에게 카카오톡을 열어달라고 부탁했다.

하나하나 물어 가면서 고등학교와 대학교동기동창, 그리고 지인들을 그룹별로 나누어 카카오톡방을 만들어 놓고 올라오는 좋은 글, 그림과 음악 등을 필요로 하는 톡방으로 나누어 주니 모두들 좋아한다. 그곳에는 생활의 지혜도 있고 생활의 지침서도 가끔 보이고는 한다.

젊어서는 전화기도 불티가 나듯이 바빴는데 늙어지니 전화기도 한가해 졌다. 이놈을 열어 놓고 인터넷까지 휴대전화에서 해결을 하니 다시 바빠지고 생기가 돈다. 물론 가족과 멀어졌던 친구들과도 소통이 되니 무료함도 없어지고 재미 또한 쏠쏠하다. 손가락을 움직여야 하고 눈으로 읽어야하고 머리로 생각을 해야 하니 오감이 다시 살아나고 한가하게 있을 시간이 없으니 잡념이 없어진다.

모임의 통지방법도 간단해졌다. 그룹방에 만날 장소와 시간을 공고하면 되고 조율이 필요한 사항에 대하여서는 일일이 전화를 할 필요 없이 카톡방에서 각자의 의견을 제시하고 민주적인 방법으로 회장이 결정하면 모든 것은 번거로움이 없이 쉽게 해결된다. 참으로 좋은 세상이 왔는데 아직도 컴맹인 친구들이 가끔 눈에 뜨인다. 그들에게는 옛날 방식으로 일일이 전화를 해야 하니 일을 진행하는 편에서 보면 이 또한 상대에게 불편을 주는 행위가 아니겠는가?

10. 변화해야 될 지하철 문화

지공대사

지하철은 만 65세가 되는 해 생일이 되면 표를 사지 않고 공짜로 승차할 수 있다. 이 나이가 되면 지하철을 공짜로 타는 지공대사가 된다. 처음에는 조금 어색한 감도 없진 않지만 계속하여 타다보면 지리에도 익숙해지고 타는 요령도 스스로 터득하게 된다. 오랫동안 타다보니 좋은 점이 많이 눈에 들어온다.

지하철을 타면 교통체증과 관계없이 예정된 시간에 목적지에 도착할 수 있으니 약속시간을 지킬 수 있어 좋다. 지하철을 타기 위해 역까지 그리고 타고 내리는 이동 거리를 걸어야하고 계단을 오르내려야하니 자동으로 운동을 한다. 그뿐이 아니다. 퇴직 전 공직자였던 개인사업자였던 업무에서 손 털고 나온 지공대사들에게는 자동차가 필요 없다. 특수한 몇몇 사람들을 제외하고는 자가운전을 해야 하는 번거로움에서 벗어날 수 있으니 이 얼마나 자유로운가. 지하철에서 책을 읽을 수 있으니 시간을 아낄 수 있어 좋고 가까운 사람과 평소에 시간이 없어 나누지 못한 이야기꽃을 피우며 여유롭게 목적지까지 갈 수 있어 좋다. 지하철 한 량의 가격은 10억이 조금 넘는다고 했다. 지하철은 가격 면에서 자가용과 비교를 할 수가 없다. 건강한 육체가 있어 서민이 롤스로이스 나 벤틀리 보다도 더 비싸고 편안한 10억짜리 지하철을 탈 수 있으니, 탈 때마다 호사를 누린다는 생각을 하면 얼마나 고마운 일인지 모르겠다.

지하철 현황

1974년 8월 15일, 서울역에서 청량리역까지 운행하는 1호선을 개통했다. 또 다른 세상, 땅 속에도 길이 열림을 알리는 신호탄이었던 셈이다. 역사적으로는 영부인 육영수 여사께서 피격을 당한 날이기도 하다. 뒤 이어 강북과 강남을 연결하는 2호선을 시작으로 40여년이 지난 지금은 9호선까지 증설됐고 더하여 강남역에서 정자역까지 운행하는 신분당선이 씽씽 소리를 내며 신나게 달리고 있다. 신분당선은 거리 17.3Km를 단 16분 만에 기관사도 없이 무인운전 시스템으로 안전하게 주파를 한다. IT를 접목한 기술면이나 시설 면에서 세계에서 최고를 자랑한다.

앞으로 기획된 2단계부터 4단계까지 그리고 수도권광역급행열차, GTX(Great Train Express)는 수도권 전역을 1시간 이내로 연결하는 거미줄 같은 철도가 완성되면 주거지역에서부터 사무실까지 경천지동(驚天地動)할 또 다른 큰 변화를 예고한다. 그뿐이 아니다. 언젠가는 남북의 철도가 연결될 것이다. 이는 중국과 소련을 관통하고 유럽과는 가까운 이웃으로 많은 인적 물적 교류를 의미한다. 우물 안 개구리가 드넓은 세상의 밝은 빛을 보는 순간이 된다. 넓은 대륙으로 쭉쭉 뻗어가는 한반도의 기상을 상상하면 가슴이 설레지 않는가.

지하철 예절

모든 것이 세계화 되어 하나의 지구촌이 형성되어 있듯이 지하철도 우리들만이 이용하는 시설물이 아니다. 우리나라도 외국인 거주자가 174만을 상회한다. 관광객의 숫자까지 합치면 가공할만한 숫자일 것이다. 158만의 인구를 가지고 있는 충북이나 153만의 대전광역시보다도 더 많은 숫자다. 지하철은 세계의 모든 사람들이 함께 이용하는 시설물이다. 우리국민의 맨얼굴과 언행이 가감 없이 타 국민들의 눈에 비춰지는 곳이다. 비춰진 영상만으로 그들은 우리를 평가한다. 우리는 자신들이 평소에 하든대로 예절을 지키고, 규정을 준수하면 된다. 그러나 간혹 눈살을 찌푸리게 하는 언행을 우리국민이 하면 자괴감이 들고 타국민이 할 때는 별수가 없는 놈들이란 생각이 든다. 대표적인 사례를 들어 보자.

1) 에스컬레이터에서 두 줄로 서기, 걷거나 뛰지 말기, 오른쪽 걷기

위에 열거한 지켜야할 금기사항은 기계고장의 원인이 되기 때문에 만든 규정이다. 그러나 지키는 사람이 많지 않다. 걷거나 뛰지 말라고 그림으로 또는 글로 써 놓았는데도 막무가내로 지키지 않는다. 그렇게 급하면 조금만 일찍 나오면 될 일인데 말이다. 두 줄로 서기도 마찬가지다. 넓은 공간을 두고 왜 오른쪽으로만 서있는지를 모르겠다. 이는 기계에 오른쪽으로 쏠림현상을 주어 고장의 원인을 제공하는데도 말이다. 오른쪽 걷기도 다름이 없다. 출퇴근 시간에는 많은 사람들이 오고 가기에 어쩔 수 없는 경우를 제외하고는 지키지 않아 서로 부딪치거나 상대의 발을 밟기도 한다. 고등교육을 받은 이들이 유치원에서 배운 것도 실행 못함을 볼 때는 가슴이 답답해 온다. 세계 10대 경제대국의 국민의식이 그렇다면 우리의 자긍심은 어디서 찾아야 할까?

지하철을 많이 타고 다니다보면 이곳저곳에서 '시간이 걸려도 확실하게 고치겠습니다' 라는 표지를 가끔 보게 된다. 기계 성능과 유지보수에도 문제가 있겠지만 사용자에게도 많은 문제가 있음을 볼 수 있다. 기계가 수명을 다하지 못하고 고장이 자주 나면 주민이 불편하고 수리비라는 명목으로 우리의 혈세가 낭비되는 것을 몰라서 일까?

식민지 국민은 시설물을 파괴하고 지배하는 국가에 저항하는 행위 자체가 애국이다. 우리는 당당한 민주국가의 자유시민이다. 아직도 어디엔가 노예근성이 숨 쉬고 있는 것은 아닐까? 이해가 가지 않는다. '오른쪽 걷기' '걷거나 뛰지 말기' '두 줄로 타기' 등의 표지를 붙여 놓아도 실행 하지 않는다면 어깨띠를 두르고 라도 홍보를 해야 되는 것이 아닐까? 종교단체에 의뢰해서 단체별로 역을 지정해서 홍보를 하는 방법도 있을 수 있고, 각 동별로 역을 지정해서 동민들이 홍보를 하는 방법 등을 찾으면 길은 열린다.

2) 경로석

경로석은 노약자, 임산부, 장애인을 배려하여 마련해 놓은 자리다. 노약자라 함은 몸이 불편한 노인과 어린이를 말하는 것이지 건강한 노인을 말하는 것은 아니다. 경로석은 노인들만이 전용으로 앉는 자리로 착각하는 분들이 많다. 그런 생각을 가지고 있는 분들은 경로석에 임산부, 장애인 또는 본인보다 젊어 보이는 사람이 앉아 있는 꼴을 보지 못하고 시비를 건다. 심한 경우는 주민등록증을 서로 보여줘야 하는 해프닝이 자주 일어나기도 한다. 배가 불룩 나오지 않은 임산부에게도 싸가지가 없다고 호통을 친다. 다툼이 많고 늘 시끄럽다. 대낮부터 입에서 푹푹 술 냄새를 풍기는 노인, 몸을 씻지 않아서 고약한 냄새가 나는 노인이 있으면 눈치 빠르게 자리를 옮겨야 한다. 위에서 열거한 노인들은 특수한 경우이고 대다수의 노인들은 복장도 단정하고 노후의 노련미를 풍긴다.

3) 휴대폰

외국의 지하철에서는 책을 읽는 사람, 뜨개질을 하는 사람, 신문이나 잡지를 보는 사람, 수신기를 귀에 끼고 음악을 듣는 이들을 쉽게 볼 수가 있다. 그러나 우리나라는 손에 휴대전화를 들고 카카오톡, 게임 등을 하지 않으면 눈을 감고 있다. 일부를 제외하고 상당수의 사람들은 제집이나 사무실인양 큰 소리로 오랫동안 전화통화를 한다. 옆 사람에 대한 배려가 전혀 없는 사람이다. 휴대전화 화면에서 눈을 떼지 않고 계단이나 통로를 걷는다. 남들과 쉽게 부딪친다. 부딪치는 원인제공을 하고도 미안하다는 말 한마디도 없이 자리를 피한다. 무례하기 짝이 없다. 외국 사람들은 녹 익은 봉숭아 씨를 손으로 톡 치면 씨가 우르르 쏟아지듯이 "감사합니다" "고맙습니다" "죄송합니다"라는 말이 일상화 되어있다. 우리도 그런 예절은 잘 가르쳐 좋은 문화로 자리 잡아야 겠다.

4) 지하철 백태

지하철 손님이 내리기를 기다렸다 타는 것이 순서다. 그러나 내리기도 전에 머리 먼저 디밀고 몸을 쑤셔 넣는다. 속셈은 뻔하다. 빈자리를 선점하려는 염치가 없는 행동이다. 두 다리를 쩍 벌리고 앉아 있는 남자도 가관이지만 같은 자세로 앉아 있는 여자를 보노라면 눈 둘 곳이 없어 황당하다. 근래에는 배낭을 등에 지고 다니는 사람들이 많다. 붐비는 지하철에서는 배낭을 바닥에 내려놓고 서 있으면 될 일인데 등에 매달린 배낭이 상대를 어떻게 괴롭히는지에 대해서는 안중에도 없다.

4호선과 2호선이 교차되는 환승역이 사당역이다. 4호선에서 내리면 승강기가 있다. 2층에서는 2호선으로 가는 손님을 내려주고 3층에서는 밖으로 나가는 출구가 된다. 승강기 용량이 늘 문제가 된다. 남녀가 함께 타면 10명 정도이고 그 이상이 타면 부자가 울린다. 그때부터 싸움이 시작된다. 부자가 울리면 맨 나중에 탄 사람이 내리고 상태를 보면 된다. 그러나 맨 나중에 탄 사람이 버티고 하차를 하지 않는다. 승강기가 올라가지를 못한다. 사방에서 고성이 나온다. 시간은 지연된다. 한 사람의 양심 없는 행동에 많은 사람이 불쾌감을 갖게 된다. 승강기가 올라갔다 내려오는 시간은 5분도 걸리지 않는다. 5분만 기다리면 되는데 여유를 즐기지 못하고 승강기가 도착하면 우르르 몰려들어 먼저 타려고 아우성을 친다. 한 세상을 산 노인들의 모습이다. 모든 것을 미루어 짐작 할 수 있다. 현재로서는 승강기가 20명이 타는 용량이여야 한다. 앞을 내다보지 못한 애초의 설계가 오늘에 불편함을 주고 분쟁의 씨앗을 심어 놓은 결과가 됐다. 2호선을 착공할 때 4호선은 예정이 되어 있었을 것이다. 적어도 100년은 내다보는 아니 더 많은 세월을 내다보는 도시설계가 있어야한다는 생각을 해 본다.

지하철 인생

비가 오면
한 마리의 두더지가 되어
땅 속으로 기어들어 간다
천적이 앞을 가로 막으면
왼쪽으로 방향을 틀고
홍수가 밀려오면
바른 쪽으로 가는
지하철로 바꾸어 타고
지렁이, 개구리 먹잇감이 보이면
사정없이 앞으로 가고
인생살이 구비마다 긴 터널
뒤돌아보니 한 없이 짧기만 하구나
종착역, 땅 위에서 기다리는
눈부신 햇살이여

– 김원호 네 번째 시집 『숲에서 들리는 소리』 '지하철 인생' 전문

제2장
갈 길은 먼데, 벌써 노을이

1. 인생 정년(人生 停年)

　직장정년에 걸리면 또 다른 직업을 찾거나, 취미 삼아 할 일을 찾으면 된다. 그러나 인생정년이란 덫에 걸리면 거미줄에 걸린 잠자리 신세가 된다. 살아오면서 일생동안 맺은 모든 사람들과의 관계를 끊는다. 천당과 지옥, 이승과 저승, 그리고 재탄생을 의미하는 윤회전생(輪廻轉生) 등. 위에서 말한 세상은 가본 사람이 없는 미지의 세계다. 어쩌면 중국의 도교(道敎)에서 말하는 바람이 되고 물이 되서 한 줌의 흙으로 돌아가는 것은 아닐까? 실체를 보지 못하면 믿을 수 없듯이 영(靈)의 세계는 정말 있는 것일까? 아인슈타인 같은 석학도 아니고 질량불변의 법칙, 양자론 등과 같은 학문과는 거리가 멀게 살아왔다. 성당에 가서 봉헌을 하면서도 풀리지 않는 수수께끼다. 확실한 것은 수(壽)를 다하면 인간은 누구나 모두 죽는다는 것이다. 직장정년에 걸리면 인생정년에 한 발작 다가선 것이다. 인생정년으로 갈 때까지 어떻게 살아야 하나를 함께 고민해 보기로 하자.

시인 김 달진은
인생 60대는 해마다 늙고
인생 70대는 달마다 늙고
인생 80대는 날마다 늙고
인생 90대는 시간마다 늙는다고 했다.

인생칠십고래희(人生七十古來稀)라는 말은 이제 옛말이 됐다. 2013년 세계보건통계보고서에 따르면 우리나라 남성의 평균수명이 78세이고, 여성의 평균수명은 85세라고 했다. 그렇다면 한국인의 평균수명은 81.5세가 된다. 우리의 관심을 끄는 북한의 평균수명은 63.81세이고 미국의 평균수명은 78.37세라고 한다. 서양 사람들은 75세까지를 Young Old 또는 Active Retirement라고 한다. 북한과 미국의 평균수명은 우리에게 시사(示唆)하는 바가 크다. 인생에서 몇 살 때가 가장 행복했고, 몇 살까지가 삶의 의미가 있었느냐는 질문을 장수하시는 분들께 했더니, 65세 때가 가장 행복했고, 75세까지가 삶의 의미가 있었다고 한다. 이는 65세는 인생의 결실 계절인 가을이고, 75세 이후는 건강을 잃은 겨울이란 생각이 든다.

평균수명이라 함은 모든 국민을 대상으로 조사한 수치이기에 필자가 속한 학교 동기동창들을 중심으로 조사를 해봤다. 사망자와 행불자 그리고 건강상의 이유로 동창회에 참석할 수 없는 이는 사망으로 하고, 동창회에 참석은 못 하지만 누군가를 통해서 소식이라도 알 수 있는 이는 생존자에 포함시켰다. 결과는 놀랍게도 고등학교 동창의 사망률이 49%이고, 대학교 동창의 사망률이 39%였다. 남자 평균수명 78세에 다다른 사람도 있지만 정상적으로 학교를 입학한 사람일 경우는 2년을 남겨두고 있다. 병을 미리 발견해서 치유를 계속하고 평상시에 섭생과 운동 그리고 긍정적인 사고를 갖고 사물을 보면서 사는 사람이 비교적 장수함을 알 수가 있다. 장수함이 인생의 최상의 목표가 될 수는 없다. 의미 없는 삶이거나 주위 사람들에게 피해만을 주는 삶이라면 이 또한 재고의 값어치가 없다는 생각을 한다.

주위에 있는 2~3년 선배들을 살펴보면 재미있는 결과가 다가온다. 평균수명을 다한 나이이기에 그런 것은 아닐진대 상당수는 콜라겐이 빠져서 얼굴에 주름살이 선명하게 보이고, 흰 머리카락이 바람에 흩날린다. 머리에 하던 염색을 중단한 분들이 많이 눈에 뜨인다. 혈압, 당뇨, 코레스톨과 관절 등에 이상이 생겨 약을 복용하는 경우가 많고 배우자 병간호에 많은 시간을 할애하는 경우가 의외로 많다. 그렇게 몇 년을 가다보면 80줄에 접어들고 한 분 한 분 주위에 밤새안녕 이란 소식을 전한다. 80을 넘긴 일부를 제외하고는 대다수가 병을 몇 개씩 몸에 지니고 병과 함께 동고동락을 하다가 생을 마감 한다. 의사들의 말을 빌리면 병고에 시달리는 기간이 8~10년이라 했다.

60세에 퇴임을 해서 90세까지 산다고 하면 75세까지는 활발하게 일 할 수 있고, 80세까지는 그럭저럭 일하고 나머지 10년은 자기 몸을 자기가 조절할 수 없는 상태가 아닐까? 60세부터 나머지 인생 20~30년을 설계가 없이 바람이 부는 대로 생을 맡겨 허송세월을 할 수는 없지 않은가? 죽는 날까지 자기가 좋아하는 것에 몰두하다 생을 마감하면 얼마나 좋을까? 죽음이야 마음대로 할 수 없는 것이지만, 최선의 방법이 있다면 그곳에 도착할 때까지 좋아하는 일거리와 친구는 필수 조건이란 생각이 든다. 일거리와 친구가 있는 사람이라면 재물과 건강은 자동으로 연계되어 있다는 생각을 한다.

일거리

일거리가 없이 하루를 지난다는 것은 달 없는 사막을 혼자서 걷기보다도 더 힘든 일이다. 일이 없다는 것은 목표가 없다는 것이고, 목표가 없다는 것은 이루려는 꿈이 없다는 말이다. 꿈의 끈이 끊어진 하루는 의미가 없다. 정년퇴임을 할 즈음이면 부양할 자식들도 독립을 해서 스스로 살아가고 빈 집에서 집 사람과 호젓한 삶을 영위할 수 있다. 세상에 태어나서 하고 싶었지만 할 수 없었던 일들을 할 수 있는 절호의 기회다. 좋아 하는 일에 몰두할 수 있다는 것은 행복한 일이다. 10년 20년 그렇게 하다보면 부수적으로 얻을 수 있는 성과물도 대단할 수 있고,

어느 경우는 전문가의 경지에 도달해서 족적을 남길 수도 있다. 이는 이웃과 후손들에게 많은 도움이 되는 일이 될 수도 있다. "이 나이에 무슨" 이란 말을 하면서 허송세월 한 사람과 긴 세월을 뜻있게 보낸 사람과는 인생 후반에서 행복지수가 다르고 결과물이 다들 수밖에 없다.

건강한 사람에게는 봉사할 수 있는 일들이 도처에서 기다리고 있다. 교회, 성당과 절에서 할 수 있는 일거리를 찾을 수 있고, 지자체를 통해서도 문화 해설사, 컴퓨터, 한글, 한자 교사 등 이루 헤아릴 수 없을 정도로 많은 일자리가 기다린다. 농어촌, 공장에서도 일손이 모자라서 쩔쩔 매는 경우를 우리는 보고 있다. 미국의 케네디 대통령은 "국가가 나에게 무엇을 해 줄 것인가를 기다리지 말고 내가 국가를 위해 무엇을 할 것인가를 생각해라 라고 했다" 참으로 맞는 말이다. 부모가 무엇인가 해 주기를 기다리는 자식, 국가가 무엇인가 해 주기만을 기다리는 국민이 많은 나라는 희망이 없는 나라가 아닐까?

친구

사람은 누구나 그리움과 외로움을 가지고 산다. 그리움이야 마음이 쓰이기는 하지만, 정말로 참기 힘든 것은 외로움이다. 외로움이 더 발전하면 우울증을 낳기도 한다. 외로움을 없애주는 것은 일거리와 친구다. 일거리야 위에서 말했듯이 찾으면 되고 친구 또한 본인이 처신하기에 달려있다. 그러나 늙으면 고집불통이 되고 천상천하 유아독존(天上天下 唯我獨尊)이 되기 쉽다. 본인이 옳다고 생각하면 다른 사람의 의견은 듣지도 않는다. 역지사지(易地思之)란 말의 뜻은 확실하게 알면서도 행 할 수 있는 능력을 상실한 사람이다. 이제는 중심에서 벗어난 세대라는 것을 알면서도 중심에 있고 싶어 한다. 그뿐이 아니다. 남들이 싫어하는 지도 모르고 젊어서 팔뚝이 굵었었다고 시도 때도 없이 자랑을 늘어놓는다. 이렇게 살다보면 주위에 있던 곰삭은 옛 친구마저도 하나하나 떠난다. 어디를 가나 말수는 줄이고 주머니는 열어 놓고 살아야 한다. 또한 푼수 이하의 농담을 해서 친구들을 즐겁게 해주면, 오랜 친구들도 하나하나 모여든다. 그렇게 살면 정담을 나눌 기회가 많아지고 외로울 시간이 없다.

누구나 기쁨을 함께 나눌 수 있고, 괴로움을 속이 후련하게 풀어낼 수 있는 친구, 시도 때도 없이 만나자고하면 만나서 생각을 공유하고 장단을 맞추어 주는, 그런 친구 하나 쯤은 갖고 싶어 한다. 갖고 싶어 하는 친구가 바로 가까이에 있는 평생 웬수가 배우자라는 사실을 우리는 까맣게 모르고 산다. 배우자와 좋은 관계를 유지하는 가정은 사랑이 넘치는 행복한 가정이고, 그렇지 못한 가정은 불행한 가정이다. 배우자가 없는 가정은 이성의 친구를 둘 일이다. 아무리 효심이 두터운 자식이라 할지라도 배우자의 빈자리는 채울 수가 없다. 배우자였던, 빈자리를 채워준 이성의 친구였던 피차에 어떤 형태의 관계설정을 하고 사느냐는 각자의 몫이다. 좋은 관계설정을 원하신다면 김 원호가 쓴 『촌놈』 청어출판사 68페이지의 '평생원수라는 아내를 퇴직 후에는 어떻게 해야 하나?'를 참조하면 많은 도움이 될 것으로 사료된다.

유태계 시인 사무엘 울만은 청춘이란 시에서 나이에 관계없이 "이상과 열정을 잃을 때 인생이 늙어 간다"라고 말했다. 모든 일에 호기심을 갖고 열심히 일하면서 살다보면, 어느 날 갑자기 주위 사람들에게 피해를 주지 않고 "밤새 안녕"이란 말을 남겨 놓고, 가볍게 떠날 수 있는 인생을 살 수 있지 않나 하는 생각을 해 본다.

인연 끊기

이슬 맺힌 거미줄은
손바닥으로 쓰윽 끊고

덜렁덜렁 매달린 실밥
가위로 싹둑싹둑 자르고

뼈 속까지 뻗쳐있는 질긴 인연일랑
벤치로 딱딱 끊어 버리세

끊겨진 인연들은 모두 모아
바람에 훨훨 날려 버리고

항아리 속으로 꼭꼭 숨어버려
아가리를 통하여 보이는 만큼만

하늘을 보며, 살고 싶은 나머지 인생

- 김원호시집 『숲에서 들리는 소리』 '인연 끊기' 전문

2. 인생 종착역을 바라보며

숙모 댁을 갔다. 식사 전에 한 움큼의 양약을 손바닥에 들고는 물을 찾는다. 하도 신기해서 무엇에 필요한 약이 그렇게도 많으냐고 물었더니 손가락으로 가리키며 이것은 혈압 약, 이것은 당뇨 약, 이것은 코레스톨 줄이는 약 그리고 이것은 관절 약……하면서 긴 설명이 이어진다. 약 색깔을 보면서 식별하는 것을 보니 치매가 아닌가 보다 하는 생각을 했다. 식사를 마치더니 입술에 빨간 립스틱을 바르고 빨간 색 원피스에 빨간 색 손가방을 들고 신바람 나는 표정을 지으며 외출 준비를 한다. 겉으로는 건강하게 보이는 70대 중반이었는데 그렇게 많은 종류의 약을 복용하는 것이 50대 중반이던 방문객은 이해 할 수가 없었다. 지금은 저 세상 사람이 된 숙모에 얽힌 옛 이야기다.

대개의 경우 환갑을 전 후해서 한 가지 약을 복용하게 되고,

60대 중반에는 두 가지 정도, 그리고 70대가 되면 세 가지 이상의 약을 복용한다. 세월이 가면 세월에 비례해서 약의 숫자가 늘어 감은 어쩔 수 없는 일이다. 동의보감에서 노인은 삼보(三補)를 해야 한다고 했다. 첫째가 적당한 운동을 해야 한다는 운보(運補), 둘째가 몸에 맞는 음식물을 섭취하라는 식보(食補)라 했고, 셋째가 약보(藥補)라고 했다. 건강을 운보와 식보로 관리할 단계를 벗어나면 병원엘 간다. 의사는 운보와 식보에 대해서는 자문을 해주고 병의 치료는 약으로 한다. 의사의 처방과 지시에 따라서 행하면 큰 무리수가 없이 자연수명을 다 할수 있다는 생각을 한다. 문제는 젊어서는 약을 바빠서 제 때에 먹지를 안으니 병원에서 타온 약이 남아돌고, 늙어서는 건망증이 심해서 약을 먹고는 또 먹어서 다음 병원엘 갈 때는 숫자가 모자란다.

9988 234

9988이란 숫자는 중소기업의 숫자가 우리나라 전체 기업수의 99%를 치지하고, 중소기업의 차지하는 고용률이 전체 노동자수의 88%라는 말이 아니다. 99세까지 팔팔하게 살다가 이삼일간만 아프다가 사일 째 되는 날 깨끗하게 죽고 싶다는 말이다. 시중에 나도는 노인들 사이에 오고가는 농담이다. 어쩌면 진실이 담겨있는 희망일지도 모른다. 인간사는 생로병사(生老病死)의

반복이다. 태어나고 늙는 것은 본인의 의지와 관계없이 진행되는 일이다. 그러나 병과 사가 문제로 등장을 한다. 몸에 병이 생겨 고통을 받으면서 사는 기간이 평균 8~10년이라고 했다. 본인의 고통은 물론 주위 사람들에게 주는 고통도 보통이 아니다. 잠을 자다가 잠이 영원한 잠으로 연결된다면 얼마나 좋겠는가? 이 한 몸 죽으면 그만이다, 라고 생각하는 사람에게는 할 말이 없다. 그러나 죽기 전에 수의를 장만하고 부고장은 누구누구에게만 보내고 조의금은 받지 말라는 유언까지 함은 산 사람을 배려함이 아닐까 하는 생각을 한다.

호스피스 병동

나이가 들어 Well Dying을 꿈꾸지 않는 사람은 없다. 밤새 안녕하며 세상의 마지막을 맞이한다면 얼마나 좋겠는가? 그러나 그렇지 못한 것이 우리네 인생의 종말이다. 나이가 많아지면 죽음에 대하여 많은 생각을 하게 된다. 질병에 대한 두려움 특히 본인의 의사와 관계없이 세상을 살아야 하는 치매, 몸을 마음대로 움직일 수 없는 뇌졸중 등 이루 헤아릴 수 없는 병마에 대한 두려움이 마음 속 깊은 곳에 자리 잡고 있다.

호스피스 병동은 난치병에 걸려서 죽음을 앞둔 이들을 특별히 관리하는 병동이다. 호스피스 병동을 한 번이라도 가 보았는가? 삶이 어렵고 힘들다고 생각하는 사람은 그럴 때마다 병동을 찾으면 본인에게 성찰의 기회가 온다. 그곳에는 살아온 삶을 참회하는 사람, 그곳에서까지 남을 원망하는 사람, 하루라도 더 살게 해 달라고 기도를 하는 사람 등 천태만상의 사람들이 생각을 이어가면서 나머지 인생을 살아가고 있다. 그러나 그들은 마지막 날이 다가오기 전에 생전에 맺었던 인연들과 여유 있게 인사라도 나누고 떠난다. 그들의 공통된 생각 세 가지를 요약하면 아래와 같다고 했다.

첫째, 어차피 빈손으로 왔다가 빈손으로 가는 인생인데 이웃에게 정신과 물질적으로 베풀지 못하고 가는 인생에 대한 한탄이다. 식사는 짜장면 한 그릇으로 때우고, 비행기도 수행비서도 없이 Economic class를 타면서도 장학기금 팔 천억을 사회에 환언하여 사천 명 이상의 학생에게 혜택을 주고도, 기금 일 조 원을 목표로 동분서주하는 삼영종합화학의 이종환 회장이 우뚝 서있는가 하면, 한국굴지의 재벌들과 졸부들의 형제간에 재산싸움 하는 행태를 우리는 수 없이 보아왔다. 임종을 맞이할 때 어떤 삶이 후회 없이 웃으며 임종을 맞이할 수 있을까?

둘째, 후회는 그간 살아옴에 화를 참지 못하고 화를 낸 사실이다. 참을 인(忍)자가 셋이면 살인도 막는다고 했다. 화를 내는 이유는 사소한 일에서부터 큰일에 이르기까지 다양하다. 사소한 일에는 배우자와 가족이다. 그리고 이웃이다. 화를 냄으로 상대가 받는 마음의 상처는 계량을 할 수가 없다. 상처는 살아가면서 생각을 할 때마다 불쾌할 수도 있고 복수심이 마음속 싶은 곳에서 치밀어 오를 수도 있다. 황혼이혼의 원인이 되기도 하다. 얼마나 무서운 이야기인가. 화를 냄으로서 후반기 인생을 송두리 채 잃을 수도 있다. 더욱이 큰 일로 인하여 법적투쟁으로까지 번지면 원고나 피고나 똑같이 잠 못 이루는 수많은 밤을 보내야 한다. 화가 머리끝까지 치밀어 오를 때 참을 수 있는 삶을 우리는 한 번 쯤 생각해 봐야 한다는 생각을 한다.

셋째, 즐기지 못 하고 가는 인생이다.
즐긴다는 것은 쾌락을 의미 하는 것이 아니다. 사람에 따라 다르지만 어떤 행위를 함으로써 행복해 지는 일이 있다. 그 행위가 사회악이 안 되는 일이지만 시간이 없어서 또는 돈이 아까워서 하지 못한 점을 후회하는 것이다. 후반기 인생에는 자기가 좋아하는 일에 만사제하고 몰두하다가 죽는다면 후회 없는 인생이 되지 않나 하는 생각이 든다.
삼성생명 은퇴연구소 우재룡 소장은 이렇게 말한다. 은퇴 후에 생활이 알차려면 가족, 특히 배우자와의 좋은 관계설정, 취미여가의 선용, 건강유지를 위하여 나이에 걸 맞는 적당한 운동, 봉사를 중심으로 하는 사회활동을 하라고 권한다. 죽을 때까지 보람을 찾으며 살고 싶다면 귀담아 듣고 행할 필요가 있다는 생각을 한다.

하늘에서 각자에게 마지막으로 앓게 될 병의 종류와 죽는 시기를 알려주면 좋겠는데 그렇지 못하다. 그것을 모르니 죽음에 대해 준비를 할 수가 없다. 죽음 앞에는 유비무환이라는 말이 무색하다. 그러니 일정한 나이가 되면 언제 올지 모르는 죽음을 예상하고 하나하나 준비를 해야 하지 않을까 하는 생각을 한다.

첫째, 사전의료지시서다.

내용을 보면, 죽음에 이르게 하는 병에 대해서는 주위 사람들에게 피해를 덜 주기 위해서 나의 자의적인 의사표시가 불가능해 질 경우를 대비해 나를 치료하는 담당의사와 가족들에게 다음과 같은 '사전의료지시서'를 씀.

1. 내가 회생 불가능하고 의식이 없어진 상태가 되었을 때, 기도삽관, 기관지 절개술, 인공영양법, 혈액투석 및 인공호흡 치료는 시행하지 말 것.
2. 말기 암으로 진행되었을 때, 항암화학요법은 시행하지 말 것.
3. 임종 시 혈압 상승제나 심폐소생술은 시행하지 말 것.
4. 탈수와 혈압유지를 위한 수액요법과 통증관리 및 완화치료는 희망함.

나의 가족과 의료진은 환자로서의 나의 권리를 존중해 주기를 바라며, 이 선언이 법적 효력을 발휘할 수 있도록 가족에게 위임하는 바이며 아울러 저의 요청에 따라 진행된 모든 책임은

나 자신에게 있음을 분명히 밝히며, 담당 의료진의 법적보호에 도움이 되기를 소망함.

둘째, 재산 문제다.

임종 시까지 가지고 있던 재산에 대하여 많든 적든 어떻게 할 것인 가는 변호사의 도움을 받아서 확실하게 교통정리를 해야 할 것이다. 평상시에 준비를 해놓지 않고 갑자기 세상을 뜰 때는 많은 문제를 야기할 수 있다. 유언의 종류에는

1. 자필증서에 의한 유언
2. 녹음에 의한 유언
3. 정증서에 의한 유언
4. 비밀증서에 의한 유언
5. 구수증서에 의한 유언이 있으나 효력을 발휘 할 수 있는 유언장이 아닐 경우는 효력이 없다. 의식이 있을 때, 변호사 또는 법무사의 도움을 받아서 작성함이 바람직하다는 생각을 한다.

노인이 나머지 인생을 살아감에 건강을 돌보아줄 의사와 마지막 정리를 깨끗하게 해줄 변호사가 필요하다. 오늘은 오늘이고 내일은 내일이다. 내일의 걱정을 오늘 할 필요는 없다. 그러나 예견된 내일이 있다면 오늘 준비를 함이 옳다는 생각을 한다. 노인들이 생전에 주위 가족들에게 고통을 덜 줄 사전의료지시서 한 장과 가지고 있던 재산에 대하여 개봉이 안 된 유언장 한 장 책상 서랍 깊은 곳에 놓아두고 살면 삶의 무게가 훨씬 가

벼워지고 오늘에 충실 할 수가 있다는 생각을 한다. 언제인가는
필연으로 생을 마감해야 하기 때문이다.

마지막 정리

기차가 온 힘을 다해
마지막 기적을 울리며
가파른 언덕을 힘겹게 올라갑니다.

내뿜는 하얀 연기가 하늘을 뒤 덮고
죽은 자의 옷가지들이 타고 있는 동구 밖
그곳에서도 피어나는 흰 연기

언덕 너머에는 말없는 종착역
검은 옷 입은 저승사자와 함께 기다리는데
사진첩에서 빛바랜 사진들을 한 장씩 넘겨봅니다.

종착역에 도착하기 전
기차 안에서까지 할 일들이
겹겹이 쌓여갑니다.

– 김원호 시집 『숲에서 들리는 소리』 '마지막 정리' 전문

3. 이 건망증을 어떻게 해야 하나

건망증은 지나간 일에 대하여 대체적인 윤곽은 기억하지만 세세한 부분은 기억 못함을 말한다. 예를 들면 화장실에서 재산목록 1호를 보면서, 언제 이 물건을 사용했는지를 모르는 것은 건망증이나, 돋보기를 쓰고 재산목록 1호를 보면서 "어떤 놈 것인데 이렇게 크지?"라고 혼자서 중얼거리면 이는 치매가 확실하다. 건망증은 기억력의 저하로 불편을 말 하지만 생활에는 지장이 없다. 그러나 치매는 인격적인 파탄에 이르고 사랑했던 주위 사람들에게 정신적인 면과 물질적인 면에서 많은 괴로움을 준다. 건망증은 치매의 전초전이다. 얼마나 무서운 이야기 인가.

생로병사(生老病死)라 했다. 태어나서 살다보면 늙게 되고, 늙으면 병들고 병들면 맞이해야 하는 죽음이다. 순리를 피할 수 있는 사람은 아무도 없다. 늙은이들이 제일 걱정하는 병이 치매다. 치매에 걸리면 본인의 의사와 관계없이 말을 하고 행동하기 때문이다. 따라서 본인과 가까이 있는 모든 사람들에게 피해를 주게 되니 맨 정신일 때 치매에 걸릴까 봐 걱정을 안하 는 사람은 없다. 70대에 치매환자가 증가하기 시작하고 80대에는 30%가 치매에 걸린다는 통계가 있다. 까마귀 고기를 많이 먹었는지 정신이 늘 깜박깜박 한다. 꼭 챙기겠다고 찾아 놓고도 급히 나갈 때는 잊어버리고 외출을 한다. 한참 가다가는 생각이 나서 다시 돌아오고는 한다. 막힌 하수구야 뚫으면 되지만, 머리가 나쁘면 몸이 평생 고생을 한다는 말이 맞기는 맞는 말인가 보다. 필요한 물건이 없으면 불편하니 되돌아올 수밖에 없다.

첫째로 필수품인 휴대전화는 살아감에 필요한 전화번호에서 부터 일정, 시계기능, 계산기 기능 등 모든 정보가 다 있다. 휴대전화기가 없으면 걸려오는 상대의 전화를 받지 못하니 왜 전화를 받지 않느냐고 원망까지도 듣는다. 그뿐인가, 꼭 받아야 할 전화를 받지 못하니 상대에게 불이익을 받을 때도 가끔은 있다. 필요한 정보를 꺼내보지 못하니 불편하기는 이루 말을 할수가 없다.

둘째로 열쇠뭉치다.
현관용서부터 자동차, 스포츠 센터의 락커 키 등 주렁주렁 키고리에 매달려 있다. 열쇠뭉치를 잊고 나가면 집에 돌아와서 제 집도 들어갈 수가 없다. 정신이 좋으면 비밀번호를 기억하면 되는데 늙은이라서 그렇지 못하니 문제가 심각해진다. 현대를 살아감에 기억해야 할 것이 하나 둘이 아니다. 젊은 날에는 모든 것을 기억했다면 늙어서는 모든 것을 잊어버리고 만다. 기억을 해도 금시 잃어버린다.

셋째로 지갑이다.

지갑에는 각종 카드, 약간의 현금, 운전면허증, 주민등록증 등이 있는데 특히 공짜 전철카드가 없을 때 현금을 주고 타면 억울한 생각이 들고, 버스를 탈 때는 불편하기 그지없다. 운전면허증 없이 운전을 하다 교통법규를 위반했을 때, 교통순경이 면허증을 요구할 때는 난감하다. 관공서에서 주민등록증을 요할 때도 마찬가지가 아닌가?

부수적으로 늘 지참해야할 것은 손수건, 안경 그리고 날씨가 추울 때는 모자, 장갑이 있다. 여자들이야 핸드백이 있어서 그곳에 필요한 모두를 집어넣으면 되지만, 남자들이야 가방을 들고 다니지를 않으니 외출을 할 때는 늘 정신을 바짝 차리고 물건들을 챙기고 외출을 해야 한다. 그렇다고 챙겨야할 물건들의 목록을 써서 벽에 붙여 놓을 수도 없고…… 근래엔 가방을 메고 다니는 노인들을 많이 볼 수가 있다.

휴대전화에 약속사항을 입력해 놓고, 메모판에도 일정을 일일이 적어 놓고 잊을까 걱정이 되면 달력에다 큰 동그라미를 쳐

놓는다, 동그라미를 쳐 놓으면 무슨 소용이 있는가. 동그라미를 왜 해 놓는가를 모를 때가 있다. 또 머리를 싸매고 고민을 해야 한다. 순간순간 아주 새까맣게 잊어버린다. 입던 옷을 매일 똑같이 입고 다니면 문제가 없지만, 날씨에 따라서, 만날 사람들에 따라서, 또한 장소에 따라서 옷을 바꾸어 입을 때 또는 급히 외출할 때마다 겪는 어려움이다. 늙은이가 한가롭게 집안에서만 있을 수도 없고 뱁새가 황새를 따라가자니 가랑이가 찢어진다. 그래도 아직은 치매가 아니니 건망증을 즐기면서 살아감이 즐겁다.

치매를 백과사전에서 찾아보았더니 치매는 후천적으로 기억, 언어, 판단능력 등 여러 영역의 인지기능이 감소하여 일상생활을 제대로 수행하지 못하는 임상증후군을 말한다고 쓰여 있다. 치매에는 알츠하이머병이라 불리는 노인성치매, 파킨슨 증후군과 중풍으로 인하여 생기는 혈관성 치매가 있으며 이 밖에도 다양한 원인에 의한 치매가 있을 수 있다고 했다. 건망증은 어떤 사실은 기억이 나지 않더라도 힌트를 주면 기억이 나는 증상이고, 힌트를 주더라도 기억을 못하면 치매라고 한다. 길을 잃고 헤매는 증상은 치매다. 지하철에서 출구를 찾지 못하고 헤매는 노인들을 가끔 본다. 이 또한 치매증상이다. 꽃을 보고도 이름이 생각나지 않는다든지 사람을 보고도 누군지 모른다면 심각한 국면에 다가선 것이다. 불면증, 실어증과 우울증 등은 초기 치매라고 본다고 했다. 이럴 경우 빨리 병원에 가서 진단을 받고

치료에 들어가야 한다. 중요한 것은 완전치료는 어렵고 더 병이 악화 되는 것을 방지할 뿐이라는 것을 알아야 한다.

이렇게 무시무시한 질병에 걸리지 않는 방법은 아래와 같이 지켜야 할 5대 원칙이 있다. 명심하고 실천해서 즐겁고 보람된 노후를 보낼 수 있다면 본인과 주위 사람들에게 이 보다 더 행복한 일이 있겠는가.

손과 뇌를 많이 쓰는 운동을 하라(예: 독서, 글쓰기, 고스톱, 뜨개질, 골프, 바둑 등)

적절한 운동, 특히 걷기를 권장한다.

금연은 기본이고, 절주는 필수다

긍정적인 사고를 하고, 매사에 감사하고 살라

뇌에 영양을 공급하는 식품을 많이 섭취하라(예: 생선과 야채류, 호두, 콩으로 만든 식품 등)

4. 잠 못 이루는 밤

　만나는 사람마다 새벽에는 잠이 깨고, 앞날을 생각하면 걱정이 태산 같아서 잠이 오지 않는다고 하소연들을 한다. 자기가 지지한 사람이 낙선해서가 아니라 앞으로 어떤 세상이 열려갈까 하는 걱정이라고 했다. 잠 못 이루는 밤은 선거 때마다 도지는 병이다.

　외국에 사는 교포들은 조국이 잘 되기를 바라는 마음이 국내에서 살 때보다도 더 강하다고 했다. 매국노가 따로 없듯이 애국자가 따로 없다. 내 조국을 사랑하고 사랑하는 말과 행동을 하면 애국자가 아닌가?

　국내에서 사는 사람들도 외국여행을 할 때는 모두 하나의 민간외교관이 된다. 뉴욕, 모스크바, 런던 등 세계 곳곳의 중심지에서 우리나라 기업들의 입간판을 보면 어깨가 으쓱 해지고 자궁심이 생긴다. 외국 여행할 때, 타국의 세관을 통과할 때 세관원이 한국사람 이라는 것을 알아차리고 "안녕하세요?" 라는 인사를 받으면 하루 종일 기분이 좋다. 옛날에는 일본인 또는 중국인으로 알고 접근을 한 적도 있지만 지금은 외국인들도 한국인임을 정확하게 분간을 한다. 거침없이 쭉쭉 뻗어가는 우리의 기상을 피부로 느낄 수 있기 때문이다. 우리 젊은이들이 세계 속의 일원으로 으뜸이 될 때는 손바닥이 아픈 줄도 모르고 신바람이 나서 박수를 쳐대는 것이 우리들이 아닌가?

어떻게 이룬 세상인데

유년에는 바지저고리를 입었고, 까만 고무신을 신고 다녔던 사람들이다. 먹는 것, 입는 것, 그리고 잠자리마저도 자유로울 수 없었던 사람들이다. 황혼기에 접어든 지금도 비싼 고급요리보다는 짜장면을 입에 넣으면 쫄깃쫄깃하게 씹히는 맛이 있고, 후각을 자극하는 독특한 짜장 냄새와 맛은 미각을 자극하여 특별한 맛의 향수를 느끼게 한다. 몸에 걸치는 비싼 명품 앞에서는 결정을 못 하고 망설인다. 집사람의 강요에 의하거나 자식들이 선물로 사다주는 것을 마지못해 몸에 걸치고 다닌다. 석유 한 방울 나지 않는 나라이기에 자동차를 집에 놓아두고 전철을 타고 다녀야 마음이 편한 분들이다. 그러나 자식들을 위하는 일이라면 궂은일을 마다하지 않고 즉각 행동으로 옮기는 분들이다.

일제식민지 시대로부터 혹독한 시련을 주었던 6·25를 겪은 분들이다. 가난에서 탈피하기 위해 돈이 되는 일이라면 세계 어느 곳을 가리지 않고 밤낮없이 앞만 보면서 뛰고 뛴 사람들이다. 청년기에는 가족의 일원으로서, 장년에는 가족을 책임진 가장으로서 임무를 다했다. 그들이 원하는 바는 자식들이 잘 사는 세상을 열고 싶은 욕망이 가슴을 뜨겁게 달구고 있기에 걱정이 태산 같은 거는 아닐까? 민초들의 이런 마음들이 한 곳에 어우러져서 오늘의 대한민국을 이룬 거라는 생각을 한다.

세대 간의 갈등

40대와 50대는 우리세대의 아들딸들이고 10~20대는 손자 손녀들이다. 기성세대의 유년기에는 여러 형제들이 한 이불 속에서 잠을 자다보니 추운 겨울이면 서로 이불을 끌고 당기는 분쟁이 일어나고는 했다. 그러나 아들딸들의 방에는 서양식으로 침대를 넣어주고 일정한 나이가 되면 피아노 학원엘 보내는 것이 기본인줄 알았던 것이다. 바쁘다는 핑계로 물질적인 면에서만 자손들을 충족을 시키면 부모의 의무를 다 한 것으로 착각을 했었다. 우리들이 우리들의 부모로부터 받은 밥상머리교육을 제대로 전수치 못한 것을 늦게야 알았으니 이미 때는 가버린 후가 아닌가.

"할아버지는 어릴 때 무슨 악기를 배웠어?"

"그 때는 학교에 갔다 오면 들에서 일하는 부모님을 돕는 심부름을 했지."

"무슨 심부름?"

"농촌에 일손이 부족하니까 음식을 나르는 일을 주로 했지!"

"음식점에서 시켜먹으면 되잖아!"

상황인식이 전혀 다른 곳으로 간다. 다른 환경에서 자랐으니 수긍이 간다.

"그 때는 하루 세끼를 못 먹는 사람이 많았어."

"할아버지, 먹을 것이 없으면 라면이라도 먹으면 되잖아!"

"그 때는 라면이 없었어."

아프리카에는 하루에 천원이 없어서 배를 곯고 있는 아이들이 있다는 것을 그들은 모른다. 할아버지 세대에는 그들과 같은 입장이었다는 사실은 더 더욱 모른다. 손자의 말이 옳다. 현대는 농촌에서도 휴대전화가 있으니 작업현장에서 음식을 주문한다. 이양기로 모를 내고 콤바인으로 벼를 베고 탈곡까지 논에서 동시에 한다. 할아버지와는 풍요로운 다른 세상을 살고 있으니 착상이 다르고 행함이 다를 수밖에 없다.

청력이 약해서 목소리를 높여야 통화가 가능한 고령의 노인들 손에는 휴대폰이 있다면, 그들 손에는 고급스마트폰이 있다. 공기돌 다루듯이 능수능란하게 손가락으로 기계조작을 한다. 옆에서 치켜보면 손놀림이 신기하다. 우리는 중소도시 또는 대도시로 가서 공부하는 것이 꿈이었다. 외국에 가서 공부를 하는 이는 극소수였다. 현대를 살아가는 애들은 외국여행은 물론 우리가 도시로 진출하는 것보다도 쉽게 외국으로 유학을 떠난다. 시야가 넓다. 세계 속의 일원으로 커가고 있고, 성인이 된 애들은 산업전선의 일원이 돼서 활발한 활동을 하고 있다. 우리가 수구골통이란 말이 아니다. 차세대가 얼마만큼 성장했는가를 우리가 모르는 사이에 그들이 그린 그림자는 길고 길어졌다. 며느리가 시아버지 앞에서도 의견이 다르면 논리정연하게 자기주장을 일사천리로 펼친다. 우리와 그들은 문화가 다르다.

SNS(social network service)를 통하여 필요로 하는 지식과 정보를 쉽게 얻고, 쉽게 행동한다. 그러나 그곳에는 없는 어른들의 예지력과 지혜가 있다는 것을 모르고 또한 수용하려 하지 않는다. 그 뿐이 아니다. 전쟁을 경험하지 못한 그들은 남북이 대치한 특수한 상황을 모를뿐더러 세계정치의 역학 관계를 모른다. 남과 북이 마음만 같아지면 남북통일이 되는 줄로 안다. 긴 안목으로 국가 장래를 보는 눈이 없으니 눈앞의 이익이 있을 때, 믿지 못할 정보라 해도 그 정보를 믿는다. 감성을 자극하면 쉽게 흥분하고, 몸이 그쪽으로 기울어진다. 감성을 자극해서 표를 얻으려는 정치인들 때문에 잠 못 이루는 밤이 계속되는 것은 아닐까 하는 생각을 한다.

인기영합주의 때문에 망친 나라들

대표적인 나라가 남미에 있는 아르헨티나와 그리스다. 제1차 세계대전 당시만 해도 아르헨티나는 세계에서 세 번째로 잘 사는 나라였다. 이민을 가기로 결심한 영국 사람들의 상당수는 아르헨티나로 갈까 아니면 미국으로 갈까를 고민했다. 70여 년이 지난 지금 두 나라는 모든 면에서 하늘과 땅 사이처럼 간격이 벌어졌다. 1945년 일제식민지로부터 우리는 해방이 됐다. 남에는 이승만 대통령의 영도아래 자유민주주의가 시작됐고, 북에는 김일성 주석의 집권 하에 공산주의가 시작됐다. 70여 년이 지난 지금 남과 북의 경제 규모 면에서 보면 남의 총생산량이 북의 생산량에 40배에 가깝고, 국민 소득은 남이 북의 근 20배에 다다른다. 국가나 개인이나 두 갈래 길에서 어느 길을 택하느냐는 전혀 다른 결과를 가져다준다.

아르헨티나가 나락으로 떨어진 이유는 간단하다. 갖은 고생을 하면서 인생을 살아온 에비타라는 여인이 25세 때 장년의 페론이라는 대령을 만나 사랑을 속삭인다. 뒤로 물러서려는 페론을 설득하여 대통령 선거전에 돌입한다. 노동자와 농민 그리고 여성들의 열광 속에 1943년 페론은 정권을 잡는다. 선거공약대로 선심을 베푼다. 에비타는 에비타재단을 만든다. 재단은 국내문제는 말 할 필요가 없고 그 당시 지진과 재해를 당한 일본, 프랑스, 스페인 등의 국가에 원조를 아끼지 않았고, 그녀는 창녀에서 성녀 대접을 받으면서 구라파 여행을 한다. 성장을 앞지른 분배정책과 인기영합주의(Populism)는 노동자와 극빈층에는 무지갯빛으로 다가갔으나, 현재까지 고통을 받고 살아야 하는 피해자는 페론을 지지한 그들이다.

지금도 아르헨티나를 여행 하다보면 머리에 띠를 두르고 제 몫을 달라고 데모하는 이들을 자주 볼 수 있다. 지도자를 잘 못 선택한 그들에게는 아무리 소리를 쳐도 엎지르진 물이고 깨진 유리잔이다. 회복불능의 상태로 갔다. 국가에 대한 확고한 철학을 가진 참 지도자를 만나고, 선택하는 일이 얼마나 중요한 일인가를 이들의 역사가 말해주고 있다.

현대사에서는 아버지가 펼친 복지우선정책에 정치명문가라는 칭송을 받던 아들이 실각하고 국제적인 미아가 된 그리스가 있지 않은가. 그뿐인가, 이태리 등 남유럽의 많은 나라들이 모두 늪에서 빠져 나오지 못하고 허우적거리고 있다. 대개의 경우 정치인들이 선거전에 이기기 위해서 행한 선심정책의 결과다. 바꾸어 말하면 정치인들이 유권자의 환심을 얻으려고 펼친 달콤한 말에 유권자들이 몸을 가누지 못한 결과물이다. 경제에도 속성이 있듯이 정치에도 속성이 있다. 비릿한 피 맛을 본 육식동물들은 피 맛을 잊지 못하고 또 다른 사냥감을 노린다. 정치인들은 입만 열면

"국가와 민족을 위하여" 또는 "국민의 뜻이 그러하기에" 라는 말을 입에 달고 다닌다. 과연 그런가? 물론 그런 정치가도 상

당수는 있다. 그러나 적지 않은 정치가는 다음 선거에 당선돼서 금 빼지를 가슴에 달수 있느냐에 온 정신을 집중하고 있지는 않을까?

황혼기의 우리세대는 목적지를 알 수 없는 기차에 몸을 실은 지 오래다. 하늘나라에서 오라는 명령만 떨어지면 이유 없이 가야할 운명이다. 오래지 않아 세상을 떠날 우리들은 자식들을 우지좌지 할 능력을 상실한 세대다. 우리보다도 더 많은 교육을 받아 똑똑한 차세대들을 믿자! 앞으로 세상을 열어갈 주역은 그들이다. 복지정책을 반대할 사람은 하나도 없다. 또한 인간답게 살기를 원하지 않는 사람도 없다. 우리들이 원하는 바는 선거에 이기기 위한 복지정책이 아니고 성장을 전제로 한 분배에 초점을 맞춘 복지정책을 말한다.

2017년에는 대선이 우리를 기다리고 있다. 앞으로 역동적으로 발전하는 조국을 건설할 것이냐, 아니면 본인들 대에 가난을 다시 할아버지 대와 같게 경험하고 그들의 후손에게까지 고통을 줄 것이냐 하는 문제는 키보드를 손에 쥐고 있는 유권자들이 결정할 문제다. 역사를 되돌아보면 우리에게 굴욕적인 시기가 없지는 않았지만 긴 역사를 끊이지 않고 이어온 우리가 아니던가? 미국에서는 65세 이상의 사람들을 침묵의 세대라고 한다고 했다. 불을 보듯이 확실하게 후대에게 불행이 온다면, 잠 못 이루는 침묵의 세대여! 이불 속에서 혼자서 걱정만 하지 말

고 죽는 날까지 경고음으로, 어른스럽게 잔기침 소리라도 내야
되지 않겠는가?

흐르는 날들

비바람이 몰아칠 때
우산으로 가리지만
모두 젖어들고

햇볕 쏟아지는 오후
손바닥으로 가려봐도
양심은 조각으로 부서지고

가면을 쓰고
양심을 팔고 사고
순리를 거슬러 세상은 잘도 간다

TV 스위치 끄고
신문마저 접어두면
낮달이 웃는다

깊은 밤이 지나면
새벽의 먼동은 트고
역사는 그렇게 흐르지 않았던가

- 김원호 세번째 시집 『숲길따라』 '흐르는 날들' 전문

5. 삶이 갈라지는 길목에서(전립선암)

　인간은 진화하면서 생로병사의 순환법칙의 의해 부침을 계속하면서 오늘에 이르고 있다. 생로과정에서 전쟁, 질병, 교통사고와 자연재해 등으로 많은 사람이 죽기도 하지만, 늘그막에는 모든 사람이 병으로 생을 마감한다. 특히 여러 가지의 암, 심혈관질환, 심장병과 기타 희귀병으로 생명을 잃는다. 현대의학의 발전으로 100세 시대를 열고 있다고는 말하지만 누구나 어쩔 수 없이 평균수명이란 벽에 부딪치는 순간이 다가옴은 필연이다. 인구보건협회가 2013년10월 30일 출간한 유엔인구기금에 의하면 한국의 평균수명은 남자가 78세, 여자가 85세 라고 했다.

　우리 속담에는 '쓸개가 빠진 놈' 이란 말이 있다. 사전에서 뜻을 찾아보았더니 줏대가 없이 아무에게나 형편에 따라 아부를 하는 사람이라고 쓰여 있다. 현대의학에서는 간에서 생산한 담

즙을 쓸개를 제거한 후에 십이지장으로 직접 흘러들어가게 함으로써 쓸개가 없어도 생명을 유지하는데 아무지장을 주지 않는다. 그뿐인가? 여자의 자궁에 문제가 발생하면 의사는 거침없이 자궁을 송두리째 드러낸다. 자궁을 드러낸 여자를 가까운 친구들 사이에서는 농담으로 "빈궁 마마"라고 부른다고 한다. 두 개의 콩팥 중 하나에 이상이 생기면 하나를 제거하는 수술을 한다. 나머지 콩팥이 혼자서 완벽하게 임무를 수행한다. 전립선에 암이 생기면 전립선을 제거하고 방광에서 뇨관을 직접 연결한다. 의사 마음대로 위, 간 등 모든 장기를 떼었다 붙였다 하는 수술을 한다. 옛날 같으면 죽을 사람들의 생명을 연장해 준다. 장기를 공기돌 다루듯 한다. 현대의술은 마술사의 마법과도 같다.

전립선의 구조와 질병

전립선은 밤알처럼 생겼으며 크기는 호두알 정도다. 무게는 성인이 20gm정도라 했다. 또한 소변과 정액의 통로 역할을 하는 관인 요도를 둘러싸고 있다. 남자가 분비하는 정액의 20%는 전립선에서, 나머지는 정낭에서 생산된다고 한다. 전립선 액에는 정자를 움직이는 물질이 있다고 하니 정자와 난자의 결합에 필수요건이 된다. 전립선 때문에 야기되는 질병은 노후 삶의 질을 심각하게 떨어뜨린다. 산고의 고통을 겪어야 하는 여자에는 전

립선이 없고 남자에게만 있는 장기다. 고통의 분담? 조물주는
공평하다는 생각을 하게 한다.

1. 전립선염
2. 전립선비대증
3. 전립선암

전립선염

서울아산병원에서 제공한 자료에 따르면 전립선에 염증이 생기는 병으로 성인 남성의 50%가 평생 동안 한 번은 경험할 정도로 흔한 병이라 했다. 병의 원인은 요로계 감염 시 세균이 요도를 통해 직접 감염 되는 경우가 많다고 했다. 그 외 전립선액의 배설장애, 오줌의 역류가 원인이 되기도 하고, 치질이나 대장염 같은 염증이 임파관을 통해 감염될 수도 있다고 했다. 아래의 표기한 증상이 나타날 때는 비뇨기과 의사 선생님과 상의를 하는 것이 상책이다.

전립선비대증

무게가 20mg인 전립선이 세월이 지남에 따라 80mg에서

100mg까지 커지면서 요도를 막아 배뇨장애를 일으킨다. 50대에는 50%가, 60대에는 60%가, 70대에는 70%의 남자들이 전립선비대증으로 고통을 받으면서 삶을 영위하고 있다. 이는 서양 노인들의 전유물이었으나 현대에는 우리나라 노인들에게도 흔한 질병이 되고 있다고 한다.

전립선염 또는 전립선비대증이 생기면

1. 오줌발이 시원치 못해 소변을 본 후에는 잔뇨감이 있고, 팬티에 늘 오줌이 묻어 있고, 암모니아 냄새까지 나니 불쾌감을 갖게 한다.

2. 배뇨가 잦아서 화장실에 자주 드나들게 되니 밤에는 숙면을 취하지 못 한다. 어쩔 수 없이 낮에는 낮잠을 자게 되고 밤에는 또 그렇게 보내게 되니 악순환이 계속 된다

3. 예민한 사람들은 감기약을 먹거나 술을 많이 마시면 전립선이 꽉 막혀서 배뇨를 전혀 할 수 없는 경지에 이르게 되고 급기야는 병원 응급실 신세를 져야 한다.

4. 성기 끝이나 고환의 불쾌감 또는 생식기에 통증을 느낄 수도 있다.

전립선암

혈액검사에서 전립선특이항원인 PSA 수치가 정상인 4.0ng/

ml 이상이면 전립선암을 의심하게 된다. PSA 수치가 높다고 해서 암으로 단정할 수는 없다고 한다. 전립선염이나 전립선배대증 환자에게서도 수치상승이 나타날 수가 있기 때문이다. 그러나 PSA 수치가 정상이상일 경우 의사선생님들은 환자에게 조직검사를 권유한다.

조직검사 후 양성반응이 나오면

첫째로 국민건강보험 공단에 암환자라는 사실이 보고되고 의료비감면혜택이 주어진다.

둘째로 단층촬영인 CT, 자기공명영상인 MRI, 초음파검사, 투시조영, 골밀도검사인 BMD 등의 이름도 생소한 검사를 받기 위해 이 곳 저 곳을 찾아다니며 기다림의 세월을 맛본다. 며칠간을 병원에서 시달리다 보면 수술 전에 파김치가 되어 극도의 심신피로를 느끼게 된다.

Internaional Journal of Radical Phyc에 의하면 환자 수술 후 5년간 추적결과 전립선암 환자의 생존율이 90% 라고 했다. 문제는 요실금과 발기부전이다

요실금

재채기나 기침을 할 때, 항문에서 가스를 배출 할 때 그리고

골프장에서 드라이버를 치기위해 힘을 쓸 때 발생하는 요실금은 황당하고 불편하기 짝이 없는 일이다. 그러나 시간이 지남에 따라 자연치유가 된다. 나이나 건강상태에 따라서 다름은 있으나 보통 3개월에서 6개월 사이에 치유가 된다고 한다. 치유기간을 단축하고 싶으면 괄약근 강화운동을 열심히 하라는 의사의 권유를 받는다.

발기부전

신경보전술식을 시행함으로써 발기부전 발생 확률을 낮추려고는 하지만 환자의 나이와 건강상태, 그리고 도덕기준의 사고에 따라 다름이 있다고 했다. 서울아산병원에서 만든 매뉴얼에 따르면 수술 후 보통 1년 반이 지나야 회복이 가능하다고 했다. 그러나 신경보전술식이 잘 되었다 하더라도 나이가 많은 사람들은 성행위가 영원히 불가능 할 수 있는 환자도 있을 수 있다고 했다. 또 하나의 일급 장애인의 탄생을 의미하는 말이 아닐까? 이는 고자 또는 내관과 같은 반열의 의미를 갖고 있다는 생각을 하게 한다.

이별 3, 수술을 마치고

김원호

삶의 무게를 감당치 못해
어정뜬 몸매
내리치는 봇물에 방천(防川)은
산산조각이 나서
쏜살같이 떠내려간다
사랑하는 아들딸들아
손바닥으로 하늘을 가리지 마라
최첨단 현대의학도
생로병사(生老病死)
자연의 순리는 막을 길이 없단다
물길 따라 조용히 가고 싶다
나만의 세계로

6. 밝은 빛을 향하여(백내장)

세상에 모든 일은 시작과 끝이 있다. 시작을 할 때는 가슴 설레는 일이고, 마감 할 때는 후회 하는 경우가 많다. 한해를 보내는 년 말이 되면 전화기가 몸살을 앓는다. 전화기가 몸살을 앓는 것은 사람과 사람 사이에 관계설정이 잘 되어있고 아직은 살아 있다는 증거가 아닌가.

한 해와 우리네 인생살이를 사계절로 나누어 생각해보자. 봄이면 나무는 나무의 두꺼운 표피를 뚫고 가녀린 잎이 피어나고 아름다운 꽃을 피운다. 아기는 엄마 뱃속에서 열 달 동안 있다가 엄마에게 참기 힘든 고통을 주면서 세상의 밝은 빛을 본다. 여름엔 청년도 나무와 똑같이 하늘 높은 줄 모르고 왕성하게 꿈을 펼친다. 장년에 속하는 가을이오면, 나무는 겨울을 준비하기 위해 울긋불긋 예쁜 단풍으로 옷을 갈아입고 몸무게를

줄인다.

　사람도 정년이란 덫에 걸려 소속되어 있던 사회에서 격리되어 또 다른 사회에서 겨울을 살다 생을 마감한다. 다름이 있다면 나무는 다시 봄을 맞이할 수 있지만 사람은 서서히 꺼져가는 불꽃이 돼서 종말에는 한줌의 흙으로 돌아간다. 인생이란 단막극에서 주연으로 잠깐 연극을 하고 내려오는 것이다. 영원은 없다. 권력, 명예 그리고 재물은 모두 잠시 머물다 떠날 뿐인데도 이를 모르고 무대에서 미련을 갖고 머뭇거리다. 마지막에는 후회를 하며 떠나는 것이 우리네 보통 사람들의 삶이다

　앞산과 뒷산에 흰 눈이 쌓이고 눈보라가 쳐, 전기 줄에 윙윙 소리가 나는 깊은 겨울에 접어들면, 나는 방에 꼼짝없이 갇혀서 기나긴 밤을 보내야한다. 활동을 활발하게 할 수 없는 겨울에 백내장수술을 하기로 오래 전에 기획을 세웠다. 어쩌면 겨울에 눈 수술을 하고 만물이 기지개를 켜고 걸어오는 봄을 맞이하고 싶은 마음에서였다.

　사람의 몸값이 천 냥이라고 하면 눈 값이 구백 냥이라고 했다. 그만큼 우리가 생활을 하는데 눈의 중요성을 말함이다. 눈을 통하여 수집된 정보는 뇌에 전달된다. 뇌에 전달된 정보에 의해 동물들은 판단하고 행동을 하게 된다고 한다. 사람의 눈은 사진기의 렌즈와 같다. 렌즈가 없는 사진기는 무용지물이다. 고장 난 렌즈는, 고장 난 눈과 마찬가지다. 동물들의 첫 만남에는

상대의 눈을 먼저 본다. 눈을 통하여 상대의 감정을 읽는다. 눈은 건강하고, 깨끗해야 한다. 옛말에 생선도 눈이 살아있어야 한다고 했다. 신선도를 말함이다. 정상적인 생활을 하는데 몸의 어느 부분도 중요하지 않은 곳이 없지만 눈에 문제가 생기면 불편하기 짝이 없다. 눈에도 여러 가지 질병이 있으나 노년에 접어들면 특히 백내장, 녹내장, 안구건조증과 황성변성 등의 질병으로 고통을 받는다.

백내장이란 투명한 수정체에 혼탁이 발생하는 증상이다. 보고자하는 물체의 상이 수정체를 제대로 통과하지 못하기 때문에 시력장애를 초래하게 되는 질환이다. 남녀에 공이 나타나는 노인성 백내장은 남자에게만 있는 전립선 질환보다도 더 많은 사람들이 고통을 받는 질병이다.

60대에는 70%가, 70대에는 90%가, 80대 이상에서는 모든 사람이 백내장에 의한 시력장애가 나타날 수 있다고 했다. 백내장수술도 치질수술만큼이나 쉽고 간단하게 한다. 오랫동안 병원에 입원을 할 필요가 없다. 그러나 완치가 될 때까지 사후관리를 잘해야 한다.

사후관리를 소홀히 해서 안구 내 염증 등의 2차 감염이 되면 실명을 할 수도 있기 때문이다.

백내장수술비용은 대형안과전문병원이나 종합병원 안과에서 수술을 받을 경우 검사비를 포함 제비용이 일반적으로 눈 한쪽

만 7~8 십만 원대이고, 마을의 안과전문의일 경우 3~4 십만 원대다. 그러나 렌즈는 기능과 종류에 따라서 가격이 다양하다. 눈에 어떤 렌즈를 끼우느냐는 의사와 충분한 상의를 한 후 신중하게 결정을 해야 한다. 수술비 부담에도 많은 변화가 생기고, 눈의 질환 상태에 따라 적합한 기능을 가진 렌즈를 택해야 밝게 볼 수 있는 눈을 가질 수 있기 때문이다.

백내장수술 후 주의사항

명동안과(02 537~3990)에서 제시한 백내장수술 후 주의사항의 중요한 부분은 아래와 같다.

1. 백내장수술은 눈을 2.6mm~10mm 이르기까지 조직을 절개한 후 이루어지므로 2개월간 눈에 감염이 되지 않도록 주의하라고 했다

2. 수술 후 일주일간은 특히 주의해야 한다.

  A) 수술한 눈에 밤낮으로 플라스틱 안대를 착용하고 바르게 앉아 있을 것

  B) 고개가 숙여지지 않도록 하고, 엎드려 취침하지 말 것

  C) 손으로 눈을 비비면 안 되고, 눈에 물이 들어가지 않도록 할 것

  D) 세수하기, 머리감기는 금할 것

3. 점안 방법

수술 후 첫 주에는 30분마다 취침 전까지 점안 할 것, 둘째 주에는 하루에 4회 셋째 넷째 주에는 하루에 3회, 여섯째 주에는 2~3로 점안을 하다 끊으면 됨

4. 완전히 자유롭게 활동하고 운동, 음주, 목욕 등을 할 수 있는 시기는 사람에 따라 다름은 있으나 수술 후 8주로 본다.

겨울나무의 노래

연둣빛 이파리에 기대
나이테 싹 틔우고
별빛 보며 이슬 먹고 가는 길

우듬지는 솟아만 오르고
하늘 높은 줄 모르네
키를 높이던 욕망도 잦아드는 가을 빛

붉디붉은 단풍으로 남으려나
한 송이 시린 눈꽃으로 남으려나

숲을 향한 나의 길이여

– 김원호 시집 『숲길따라』에서

7. 귀농을 꿈꾸는 이들에게

김장 배추를 공짜로

한동네에서 몇 십 년을 함께 살던 후배 한 분이 공직에서 떠난 후 서울 집은 세를 놓고 그의 고향을 찾아 훌훌 떠나버렸다. 초대를 몇 번 받았지만 갈 기회가 없었다. 다녀온 분들의 말을 빌리면 종가집이기에 텃밭의 면적만도 몇 천 평이 된다고 했다. 잠시도 쉴 줄을 모르는 그 이기에 남의 힘을 빌리지 않고 부부가 경작을 다 한다고 했다.

김장철만 되면 자동차에 무와 배추를 가득 싣고 아침10시 경이면 옛 동네를 찾아와서 친분이 있던 이집 저집을 다니면서 나누어 준다. 한 여름 뜨거운 땡볕에서 구슬땀을 흘리면서 지은 농산물이 아닌가. 고맙고 감사하다. 감사표시를 하려면, 한사코 손사래를 친다. 우리 집도 매년 김장을 하니 필요한 만큼 주문을 하겠다고 해도 돈을 받는 일은 하지 않겠다고 한다. 소신이 뚜렷하다. 난감할 수밖에 없다. 그의 진심을 누구보다도 잘 알고 있다. 공짜로 받을 수도 없고 그렇다고 시치미를 뚝 뗄 수도 없고 그러기에 더욱 난감해 진다.

그는 술을 좋아하고 가무는 물론 책 읽기를 좋아 한다. 또한 정이 많고 풍류를 아는 사람이다. 고민 끝에 몇 년 전부터 감사의 표시로 책과 술로 답례로 대신했다. 고향으로 돌아간 후에는 졸저들과 책을 사서 보내면, 책에 대한 서평과 평론을 장황하게 늘어놓는다. 듣다보면 바쁠 때는 지루함을 느낄 때도 있다. 술을 좋아하는 분이니 술에 대해서도 해박하다. 문제는 너무 비싼 술이기에 부담이 간다고 했다. 나는 평생 술과는 거리가 먼 사람이기에 술에 대해서는 아는 바가 없다. 선물로 받은 것을 선물로 주었을 뿐이지 값어치를 모른다.

내년에도 그는 어김없이 대문에 벨을 누르고 "형님 나 왔시유"란 말이 들릴 것이란 기대는 허물어 졌다. 목을 길게 늘이고 기다려도 끝내 나타나지를 안는다. 김장철이면 생각 키우는 사람으로 자리 매김을 했다. 이곳저곳 수소문 끝에 슬픈 소식이 전해진다. 황혼이혼에 준하는 별거란 간판을 대문에 걸고 귀농한 집을 혼자 지키며 산다고 했다. 정이 많고 아내를 끔찍하게도 좋아하던 그에게도 유행처럼 번지는 시대의 조류는 역행을 할 수 없는가 보다.

그의 아내는 결혼 전에 C은행에서 가장 아름답고 덕망이 있
는 행원이었다. 그는 뭇 남성의 경쟁을 물리치고 그녀를 아내로
맞이했고 둘 사이에는 똑똑하고 지혜로운 아들딸을 두었다. 현
재는 자녀의 혼사까지 마무리한 그들이다. 둘 사이에는 별거의
충분한 이유가 있겠지만 이유를 알 수 없는 제 3자에게는 궁금
하기 짝이 없는 일이다. 그렇다고 사정을 물어 볼 수도 없는 입
장이고 보니 답답한 것은 오히려 궁금해 하는 쪽이 되고 만다.

그녀는 종가집의 종부이기에 명절이 되면 40 여명의 일가친
척들이 모여서 차례를 지내고, 명절 후에는 동네에 사는 우리
들까지도 초대해서 음식을 나누고는 했다. 음식 만들기를 좋아
하고 사람들을 좋아 하는 분이었다. 이웃이 없는 서울에서, 시
골에서나 볼 수 있었던 정다운 모습이 연출되던 곳이 그 집이었
다. 그 집의 딸은 어머니의 음식 만드는 솜씨를 쉽게 익혔을 것
이고, 품성까지 닮았으니 시집을 가서도 남다르게 적응을 잘 하
고 살겠다. 라는 생각을 혼자서 하고는 했다. 상상의 나래를 활
짝 펴고 이 생각 저 생각을 해 봤다.

그 후배는 흙을 좋아하고 사랑하는 정직한 사람이었다. 먼동
이 트는 새벽이면 마을 뒷산약수터에 남보다 먼저 가서 물을 받
아 배낭에 넣고는 집으로 오는 부지런한 사람이다. 그뿐이 아니
다. 화단을 예쁘게 가꾸고 마당에 잔디도 곱게 길러서 동네 사
람들이 그 집 앞을 지날 때는 부러운 눈빛으로 집안 들여다보

기도 했다. 잠시도 가만히 있지를 못하고 계속 무엇인가를 해야 하는 성품이다. 퇴직 후 낙향해서 농사를 짓겠다는 말을 늘 했었다. 평상시의 말대로 그는 실행에 옮겼다. 낙향의 결심이 불행의 씨앗이 될 줄은 그는 꿈에도 몰랐을 것이다.

귀농을 꿈꾸는 이들에게

농부는 어느 품종을 언제 씨를 뿌리고 시비는 어떻게 하고, 갈무리는 어떻게 해야 하는 지를 잘 알고 있는 전문가다. 귀농을 하신 분들은 고개 숙이고 농부를 선생님으로 뫼시고 하나하나 배워가며 영농을 익혀야 한다. 그들의 마음을 얻는 일이 첫 번째 통과해야 할 관문이다. 또한 작물을 기르는 즐거움과 보람을 느끼지 못하면 힘든 노동을 견뎌낼 수가 없다. 일시적인 감정 또는 환상에 젖어 할여는 귀농이라면 처음부터 시작하지 말 일이다.

귀농을 한 많은 분들의 부인은 농촌 생활이 힘들고 재미가 없어 다시 도시로 돌아오는 경우가 허다하다. 특히 교육을 많이 받은 경우일수록 역주행을 하는 경우를 많이 보아왔다. 할 수 없이 남자는 벌여놓은 일들을 혼자서 정리할 수도 없고, 또한 좋아하는 일이기에 계속하여 농촌에 있자니 취사에서 세탁까지 부인이 도와주던 모든 일을 혼자서 해결해야 한다. 농사

일에 지치면 주말부부같이 도시에 있는 부인을 찾아간다. 농촌에서 기르던 동물과 작물들이 눈에 어려 급하게 농촌으로 되돌아오고는 한다.

전원생활이란 환상의 세계가 아니다. 인내와 땀을 필요로 한다. 과일 밭에 주렁주렁 달인 과일과 오곡이 탐스럽게 익어가는 가을만 보고 무더운 여름에도 땀 흘리며 일하는 참 모습을 보지 못한 채 귀농을 꿈꾸는 도시 사람들은 환상에 젖어 있는 경우가 많다. 특히 부인이 전원생활을 원하지 않는다면 퇴직 후에 귀농의 꿈은 접어야 한다. 연고가 있는 농어촌에 소일거리를 만들어 놓고 일정기간 드나들면서 즐기는 전원생활 이라면 권하고 싶다.

여자들도 젊어서는 아들딸 교육시킨다는 한 가지 마음이 있기에 구슬땀을 흘리면서도 힘든지 모르고 일을 한다. 한국 어머니의 힘이다. 그러나 목적을 다 이룬 후에는 부인의 입장이 달라진다. 여자는 늙은 신랑보다는 배가 아프게 낳은 아들에 대한 애착이 훨씬 강하다. 늙은 신랑은 비오는 날 신발에 바닥에 착 달라붙은 가랑잎 같은 존재다. 어떻게 보면 거추장스런 존재일 뿐이다. 없으면 더 자유스럽게 살수 있다는 생각을 할 수도 있다. 그러나 아들은 생명과도 바꿀 수 없는 존재다. 아들이 며느리에 흠뻑 빠져서 어머니를 외면하는 날, 어머니는 다시 신랑의 존재가치를 생각하게 된다. 물론 노후까지도 상대와 잡은 손에서 온기를 느끼며 서로 의지하며 노후를 보내는 부부도 의외로 많다.

그러나 대개의 여자들은 도시에서 가까운 친구들과 여유 있게 인생을 즐겨가며 후반기 인생을 살고 싶어 한다. 그들은 변화와 도전을 생태적으로 싫어한다. 늙어서까지 부부는 일심동체라는 생각에 빠져, 늙은 아내의 마음을 읽는 지혜가 없으면 더 어려움에 처할 수도 있다는 생각을 한다. 한 번가면 오지 않는 인생이라면 값지게 살아야 하지 않겠는가?

8. 시향(時享)제를 중단하자는 제의를 받고

　해마다 음력 10월에 5대 이상의 조상 산소에 가서 드리는 제사인 시향제를 중단하자는 제의를 받고 많은 생각을 하게 한다. 3년 간 시묘 살이나, 집의 대청 또는 방 하나에 상청을 차려놓고 3년 간 상식을 올리는 3년 상을 치루는 행사는 이제는 뉴스거리로 전락을 했다. 농경사회에서 유비쿼터스시대로까지 급변하면서 자연스럽게 없어지는 옛날 풍습으로 자리 매김을 하는 단계에 이르고 있다. 그러나 문중에 따라서 지금도 시제 또는 시향제를 올리고 있는 가문이 많다. 옛 풍습을 버리자는 말은 절대로 아니다. 현실에 맞게 불편함을 조금씩 개선해 나가자는 말이다.

　현대시류는 시제나 또는 시향제는 말 할 것도 없고, 부모의 기제사도 교회에 가서 기도로 대신을 하고, 때로는 기일이 여행

일정과 겹칠 때는 해외에서 제를 올리는 집들도 늘어나고 있는 추세다. 현대 젊은이들의 생각이고 행동이다. 혼이 있다면 교회에도 가야하고 해외에도 날개를 달고 현지로 날아가야 제를 받을 수 있다. 옛날에는 모든 제는 조상 또는 부모가 생전에 베푼 은혜에 보답하는 것이 자식의 도리라고 여겼다.

오늘의 우리는 원조를 받던 나라에서 원조를 해 주는 나라로 변신을 했고, 문맹률이 영인 나라가 됐다. 지구촌의 모든 사람들이 우리의 발전상에 놀라고 우리를 배우려고 한국으로 모여든다. 힘의 원천이 무엇인가를 우리는 알아야 한다. 한 축을 이루는 것은 자식들이 잘 되는 일이라면 부모들은 몸이 망가져도 그것에 올인을 한다. 특히 한국어머니들의 힘이란 자식을 향한 희생을 말하고, 이는 옛날이나 지금이나 다름이 없다. 세계 곳곳에서 각 분야에서 두각을 나타내는 젊은이들의 뒤에는 언제나 어머니의 힘이 숨어있다.

우리의 2세들은 또 다른 부모가 돼서 부모의 역할을 다 하고 있다. 서양과 우리의 다름이다. 우리와 젊은이들과 다름은 이기적이고 모든 생각이 서양화 돼가고 있다는 점이다. 젊은이들에게 인성교육을 잘 못한 책임은 기성세대인 우리에게 있다. 합리적인 사고와 행동은 좋지만 유대인들과 같이 가정에서 받은 튼튼한 인성교육의 토대 위에서 그들이 자랐다면 그런 결과는 없지 않았을까 하는 생각을 한다. 이제도 늦지는 않았다. 그들이 잔소리로 치부를 하더라도 귀에 못이 박히도록 부모의 은혜에 감사하고, 있는 위치에서 치켜야할 도리를 알려 주어야 한다는 생각을 한다.

결론적으로 좀 비합리적이고 귀찮아도 어떤 형태로든 추모식에는 가능하면 후손들이 참석을 해야 한다. 추모식은 옛 어른들의 잘못했던 점은 후손들이 반복하지 말고, 좋은 점은 배워가는 장이다. 또한 후손들이 모여서 상호간에 섭섭했던 일들은 속 시원하게 풀고 앞으로의 일을 상의하는 화목의 장이기도 하다. 죽은 사람은 말이 없고 음식을 먹지도 않는다. 제상에도 번거로운 음식을 장만하지 말고 냉수 한 그릇이면 어떤가? 아니면 후손들이 즐길 수 있는 음식을 간단하게 준비하면 된다. 교인이라면 추모예배 후에 음식점에서 김이 무럭무럭 나는 설농탕한 그릇을 먹으면서 후손들끼리 정담을 나누면, 먼저 가신 분들도 기뻐할 것이다.

"손가락질을 받을 일은 절대로 하지 말라." 라는 말은 어릴 때부터 아버지로부터 수없이 들었다. 은혜에 감사하고 도리에 어긋나는 일은 하지 말라는 뜻이 아니겠는가?
아래 글은 세태를 반영하는 글로 세상에 떠도는 이야기들이다.

명절 때 쫄쫄 굶은 조상귀신들이 모여 서로 신세를 한탄했다.

씩씩거리며 한 조상귀신이 말했다.

"설날 제사 음식 먹으러 후손 집에 가보니, 아, 글쎄 이 녀석들이 교통체증 때문에 처갓집에 갈 때 차 막힌다고, 새벽에 벌써 지들끼리 편한 시간에 차례를 지내버렸지 뭔가? 가보니 설거지도 끝나고 다 가버리고 없었어."

두 번째 분통터진 조상귀신이 말했다.

"자넨 그래도 나은 편이여, 나는 후손 집에 가보니 집이 텅 비었더라고. 알고 보니 해외여행 가서 거기서 제사를 지냈다는 거야. 거길 내가 어떻게 알고 찾아가누?"

아까부터 찡그리고 앉은 다른 조상귀신,

"상은 잘 받았는데 택배로 온 음식이 죄다 상해서 그냥 물만 한 그릇 먹고 왔어."

뿔난 또 다른 귀신,

"나쁜 놈들!

호텔에서 지낸다기에 거기까지 따라 갔더니, 전부 플라스틱 음식으로 차려서 이빨만 다치고 왔네."

열 받은 다른 조상귀신이 힘없이 말했다.

"난 말야. 아예 후손 집에 가지도 않았어. 후손들이 인터넷인가 뭔가로 제사를 지낸다고 해서, 나도 힘들게 후손 집에 갈 필요 없이 편하게 근처 PC방으로 갔었지."

"그래, 인터넷으로라도 차례 상을 받았나?"

"먼저 카페에 회원가입을 해야 된다잖아. 귀신이 어떻게 회원가입을 하노? 귀신이라고 가입을 시켜 줘야지! 에이 망할 놈들!"

제3장
발 길이 닿는 대로

1. 한반도에도 봄은 오는가?

탄허 스님(1913~1983)은 본명이 김금택이고 전북 김제에서 태어났다. 주역과 역학에 조예가 깊었고, 미래에 대한 예언가이기도 하다. 또한 화엄경에 대한 많은 저술이 있는 학승이기에 국내는 물론 해외에서 더 유명하신 분이다.

탄허 스님이 1975년 경 월악산 자락에 있는 덕주사에 들었다가 덕주사 주지인 월남 스님에게 남북통일에 대한 이야기를 했다고 한다. 1970년대에 탄허 스님과 가까웠던 중앙대 장화수 교수를 통해 세상에 알려지기 시작했고, 원광대학교 조용헌 교수가 2014년 1월 5일자 C일보에 아래와 같은 글을 발표함으로서 세상에 더 많이 알려지기 시작했다.

"월악산 영봉위에 달이 뜨고 이 달빛이 물에 비치고 나면 30년 쯤 후에 여자 임금이 나타난다. 여자임금이 나오고 3~4년 있다가 통일이 된다."

그 당시 시대상황으로 보아서는 황당무계한 이야기였다고 한다. 월악산 근처에는 호수도 없었고 바다도 없었거니와 여자 임금이란 신라시대나 있었던 이야기가 아닌가.

1. 충주다목적댐이 1980년 1월 1일에 공사를 착수하여 1983년에는 댐에 물이 가득 차 신기할 정도로 월악산 영봉의 달빛이 물에 비쳤고, 그 해에 탄허 스님은 유명을 달리한다.
2. 정확히 30년 후인 2013년 2월 25일 한반도에 여자 대통령이 취임을 한다.
3. 취임 후 3~4년 이라면 2015년과 금년인 2016년이다. 달빛이 물에 비치고 여자 임금이 나타난 일도 정확하게 맞아 떨어졌다.

2014년 박근혜 대통령은 독일 드레스덴에서 드레스덴선언을 하고 통일은 대박이란 연설을 한다. 2016년 1월 북한에서는 수소폭탄 운운하며 4차 핵실험을 했고, 북핵 위협에 대비하기 위해 곧바로 핵무기를 탑재한 B52가 미국령 괌에서 발진하여 한반도 상공을 날았고 미7함대에 최신 구축함과 잠수함을 배치했다는 소식이다. 국민들은 어리둥절하여 놀란 토끼같이 귀를 쫑긋이 세우고 남북문제에 온 신경을 집중 시킨다. 일련의 발생하는 모든 일들이 통일로 가는 길목에서 겪어야 하는 진통이었으면 좋겠다.

우리는 섬 아닌 섬에서 살고 있다. 북쪽은 휴전선이 가로막고, 삼면이 바다로 둘려 싸여 있으니 말이다. 통일이 돼서 대한민국이 대륙으로 쭉쭉 뻗어가고, 해양으로 쉽게 이어지는 세계 속에 우리였으면 한다. 1945년 해방이후 우리는 수많은 난관이 있을 때마다 슬기롭게 대처하며 여기까지 끌고 왔기에 세계인들이 주목하는 게 아닌가?

이글을 쓰면서 많은 생각을 했다. 나는 예언가도 아니고 혹세무민(惑世誣民)의 뜻은 전혀 없다. 탄허 스님의 예언이 정확히 맞는 현실이 우리 앞에 다가 왔으면 하는 바람이 있는 사람 중에 하나다. 장화수 교수는 대학에서 경제학을 함께 공부했고, 그는 중앙대학교 사회과학대학장을 역임한 석학이다. 더 자세한 것을 알고 싶으신 분은 장화수 저 혜화출판사 『21세기 대사상』을 참조하시기 바란다.

2. 지상의 낙원 하와이

하와이하면 섬으로 이루어진 지상의 낙원을 연상하게하고, 일본의 진주만 기습작전을 생각하게 한다. 하와이는 137개의 섬과 8개의 큰 섬으로 구성된 군도다. 섬으로 구성되어 있기에 눈이 시리게 파란 바다와 작열하는 태양을 빼놓을 수가 없다. 행선지를 가며오며 길에서 보이는 산에 옹기종기 앉아있는 집, 햇볕에 반사되는 흰 페인트의 외장은 눈을 부시게 한다. 지중해 연안의 산 중턱에 오밀조밀하게 자리 잡은 집과 같은 느낌을 준다.

미국의 가장 남쪽에 위치하고 있으며 본토와의 거리는 근 4000km에 이른다. 미국을 방문하는 아시아 사람들에게는 관문 역할을 하고, 미국으로서는 아시아의 전초기지 역할을 하기도 한다. 8개의 섬 중에서 니이하우와 카호올라웨를 제외한 오아후, 마우이, 하와이(빅 아일랜드) 카우아이, 라나이만, 6개의 섬에만 관광객이 갈 수 있는 곳이다. 어디를 가든지 아프리카 튜립나무에 핀 예쁜 빨간 꽃과 몸집이 크고 우산같이 생긴 Monkey Pod나무가 지천으로 있고, 바다로 둘려 싸여 있는 곳이 하와이다. 눈이 쌓이고 칼바람이 부는 동절기가 오면 추위를 피해서 북미 사람들은 마이아미나 바하마로 가고, 유럽 사람들과 동북 아세아 사람들은 하와이로 몰려든다.

하와이는 영국의 쿡 선장이 처음 발견했고, 1959년 미국의 50 번째 주가 된다. 주를 상징하는 주의 깃발의 내력은 이렇다. 하와이 통일전쟁이 한창이던 1812년 당시 카메하메하 왕은 자기가 점령하여 수하에 들어온 섬에는 벤쿠버 선장으로부터 선물로 받은 영국국기를 점령의 표시로 계양을 했다. 눈허리가 시어서 이 꼴을 볼 수 없었던 당시 하와이 주둔 미군의 권고에 따라서 깃발의 왼쪽에는 영국의 유니온 잭을 넣고 깃발의 전체는 성조기의 모양을 흉내 내어 8개의 선을 넣어서 하와이 8개 섬을 상징하도록 하였다고 한다. 언뜻 보면 일본군국주의의 상징인 욱일승천기와 비슷하다. 날씨가 좋은 날 하와이 젊은이들은 자동차에 하와이 주를 상징하는 큰 깃발을 달고 도로를 질주하

기도 한다. 바람에 펄럭이는 깃발은 주위에 시선을 끌기에 충분
하다. 하와이 주의 깃발에 대하여 아는 바가 없는 사람들에게
는 욱일승천기라는 오해를 받을 수도 있다.

오아후와 우리와의 역사적인 인연

오아후는 미국의 50번 째 주인 하와이 주의 행정중심이고 정
치, 경제, 문화, 예술 등의 중심인 호놀룰루가 있는 곳이다. 여
름과 겨울의 온도 차이가 4도밖에 안 되는 상하의 기온을 유
지한다. 우리나라의 초여름과 같은 날씨가 일 년 내내 계속된
다. 전체인구 120여만의 80%가 이곳에 살고 있다. 인구 구성비
를 보면 아시아계(중국, 일본, 한국, 필리핀)가 41.6%로 거의 절반에
가깝고, 백인이 24%, 포리네시안계(원주민)가 18%를 차지한다.

우리나라의 공식적인 첫 이민의 장이 열린 곳이 하와이다. 지
금은 인천공항에서 비행기에 몸을 실으면 우리 국적기인 대한
항공으로 7시간 40분 정도면 하와이에 도착을 한다. 그러나 첫
이민선은 1902년 12월 12일 인천항을 출발하여 일본 나가사끼
항에서 미국 상선 가릭호에 환승을 하고, 하와이에 도착한 날
이 1903년 1월 13일이다. 날짜로만 계산을 하면 20여일이 걸
린 기나긴 항해다. 공식적인 이민 승선인원은 101명이었고, 그
분들은 사탕수수밭과 파인애플 농장의 노동자로 일을 하게 된

다. 한반도에서 열강들이 각축전을 벌린 구한말 이었기에 시사하는바가 크다.

　낯설고 말도 통하지 않는 이국땅에서 열심히 일만 하는 노동자들은 농장주들의 마음에 들었다. 또한 미지의 땅인 하와이에 대한 정보가 한반도에 알려지고, 망국의 한을 품은 많은 사람들이 호응을 해서 2년 후인 1905년에는 7000명이 넘는 사람들이 동참을 했다고 한다. 1905년 7월에는 미국과 일본 사이에 카스라 태프트 밀약을 한 날이고, 동년 11월 18일은 우리나라에서 일본의 식민지가 시작되는 을사늑약을 체결한 날이다. 현명한 위정자를 만나지 못한 이천만 민초들이 땅을 치며 울분을 토하던 날이다.
　우리의 슬픈 이민의 역사는 그렇게 가슴 아픈 시작을 해야 했다. 아프리카 사람들의 미국이민사를 엿볼 수 있는 킨타쿤테의 소설 『뿌리』를 반추해 보았다. 그들과 우리가 같은 점이 있다면 이민 당사자들은 부지런하고 성실하게 살아가는 민초라는 점이다. 민초들의 성실함은 1960년대와 1970년대에 걸친 서독파견 광부와 간호사, 중동 열사에서 근무한 건설역군들이 잘 말해주고 있다. 오늘이 있기까지 힘들었던 어제들을 젊은이들이 알아야 하고, 알려야 한다는 생각을 한다. 역사교육의 필요성이 여기에 있는 것이다.

　이런저런 이유로 많은 한국 분들이 하와이에 정착을 했다.

첫 이민을 시작한
지 100년이 넘는 현
재, 한국계 미국인
이 4만이 넘는다고
한다. 하와이 주 전
체인구 120만 명에
한국계가 차지하는
비중도 만만치 않

다. 일제강점기에는 독립 운동가들에게 재정적인 면에서 많은
도움을 주었고, 정신적인 면에서도 독립 운동가들의 쉼터이며
은신처였다고 한다. 초기 이민자들의 희생적인 애국정신에 우리
는 머리 숙여 감사해야 하고, 늘 기억해야 한다는 생각을 한다.

하와이 관광 포인트

관광에는 사람의 성향과 취미에 따라서 다름이 있다. 역사현
장을 좋아하는 사람, 자연경관을 중시하는 사람, 쇼핑을 즐기
는 사람, 식도락가, 스포츠를 좋아하는 사람 등 다양하다. 하와
이는 섬 전체가 관광도시다. 반바지에 맨발로 거리를 활보해도
시선을 주는 사람이나 책망을 하는 사람은 하나도 없다. 법원에
재판을 받으러 오는 사람이나 방청객도 다름이 없으니 말이다.
일반적으로 많은 한국 사람들이 찾는 곳인 오아후와 마우이 그

리고 빅 아일랜드에 대해서 이야기를 하겠다.

오아후

　오아후 섬에서는 우선 와이키키해변을 말해야 한다. 해변 가에는 힐튼, 하얏트를 위시하여 세계에서 내로라하는 호텔들이 즐비하게 자리를 잡고 있다. 호텔로비만 나서면 해변 가와 연계되어 있는 곳이 많다. 해변 가에서 멀리 보이는 다이아몬드 헤드에서 알라와이 요트하버까지 4.23Km에는 햇빛에 반짝이는 금빛 모래사장이 이어져 있다. 바다에는 전 세계에서 쭉쭉 빵빵 선남선녀들이 모여드는 곳이다. 물에 젖은 수영복을 몸에 걸친 채 물놀이에 여념이 없는 사람, 우산 밑에서 잠을 자는 사람, 연인과 정답게 대화를 하면서 산책을 즐기는 사람, 일광욕을 즐기는 사람, 윈드서핑을 하는 사람 등의 천태만상으로 다가온다. 반바지에 눈의 움직임을 남들이 알 수 없을 정도의 짙은 색안경 하나만 준비가 되어 있으면 만사가 O.K다. 특히 호기심은 많으나 숫기가 없는 사람에게 색안경과 망원경은 필수다.

　두 째로는 세계 제2차대전의 발발점인 역사의 현장, 진주만이다. 1941년 2월 7일 일요일 새벽 6시에 일본전투기 360대가 진주만에 정박하고 있는 미 군함 90여 척을 1시간 55분 동안 기습공격을 했다. 평화회담차 워싱턴에 있었던 일본 대표도 몰랐

고, 2차 대전의 동맹국이며 주역이었던 독일도 모르는 극비 작
전이었다고 한다. 완벽한 작전 후 일본은 자축의 폭죽을 터트
렸다. 그러나 4년 후에는 히로시마에 떨어진 원폭 한 방에 쑥대
밭이 된다. 자업자득이다. 과욕이 부른 재앙이다. 국가나 개인
이나 다름이 없다. 전쟁은 많은 사람이 죽어야 하고, 쓰라린 고
통을 받아야 한다.

　투어 데스크에 가서 직원에게 7달러 50센트를 지불하면 오디
오 투어를 할 수 있는 장비를 대여해 준다. 방마다 오디오 영상
이 나온다. 헤드셋을 귀에 끼고 지정된 28개방을 방문하면 자
세한 설명이 한국말로 이어진다. 일본의 진주만 습격의 현장을
생생하게 다시 볼 수 있다.

셋째로 빼 놓을 수 없는 곳이 포리네시안 민속촌이다. 사모아, 통가, 피지 등 7개 그룹의 남태평양 사람들로 이루어져 그들만이 벌리는 그들의 잔치다. 가능하면 낮에는 다른 곳을 관광하고 그곳에서 준비한 그들의 토속적인 음식으로 저녁을 해결하고 쇼를 보는 것이 바람직하다. 쇼의 내용은 그들이 하와이로 이주한 내용을 주제로 했고 춤과 노래로 공연이 이어진다. 구릿빛 피부와 그들 특유의 근육질의 남자 그리고 까무잡잡한 여인들의 펼치는 공연을 보는 것은 또 다른 재미다.

골프는 호놀룰루시내에서도 20불 정도면 즐길 수 있는 퍼블릭코스가 많고 정규코스라 하더라도 2시 이후에는 Twilight 요금을 적용하는 곳을 찾으면 아주 저렴한 비용으로 즐길 수 있는 골프장이 오아후에 30여 곳이 있다. 여행을 하면 쇼핑이 필수가 된다. 본인이 필요로 하는 것도 있지만 여행경비를 보태준 사람, 가족, 챙겨야 할 사람들이 생각 속에서 줄줄이 서서 기다린다. 여간 신경이 쓰여 지는 것이 아니다. 한국 사람들이 즐겨 찾는 곳이 Waikele Premium Outlet이다. 없는 것을 빼놓고 모든 것이 있으며 가격 또한 저렴하다. 한국 사람들에게는 여러 가지로 안성맞춤인 곳이다.

그곳에 가면 많은 한국 사람들을 만날 수 있다. 주 고객이 그들이니까 말이다.

사화산 분화구인 펀치보울은 세계 2차대전 당시의 죽은 군인, 한국전의 전사자, 월남전 전사자 등 30,000여 명의 젊은 넋이 안장되어 있는 미국 국립묘지다. 묘지에는 위령탑이 세워져 있고 국기 게양대에는 태극기가 바람에 펄럭이고 있다. 그 외에 시간이 있으면 차이나 타운, 블로우 홀, 다이야몬드 헤드 그리고 사탕수수밭과 파인애플 농장 등을 가 볼 수 있다.

마우이

마우이는 호놀룰루 공항에서 30분이면 도착할 수 있는 가까운 거리에 있다. 하와이에서 빅 아일랜드 다음으로 큰 섬이다. 해수욕장이 81개가 있고 골프장이 16개나 있는 세계적인 휴양지이기에 관광객은 물론 신혼여행지로도 인기가 높은 곳이다. 자동차를 타고 해안도로를 따라 가다보면 병풍을 펴 놓은 것 같은 높고 깊은 계곡, 나무가 없는 험준한 산이 멀리 보인다. 가는 곳 중간 중간에 사탕수수밭과 파인애풀농장이, 구한말 갓 쓰고 바지저고리 입고 인천항을 떠나 이곳에서 일하던 우리 할아버지들의 영상과 오버랩 되어 휙휙 스치는 바람과 함께 지나간다.

좀 더 가다보면 흑고래들이 수면 위로 뿜어내는 물줄기가 용트림을 친다. 흑고래들은 12월부터 다음 해 5월까지 수온이 따뜻한 이곳에 머물면서 새끼를 낳는다고 한다. 그렇게 해변 가를 한 동안 달리다보면 해수욕장이 나타나고, 수영복으로 아

슬아슬하게 몸을 가린 수영 객들로 발 디딜 틈도 없이 백사장은 북적 거린다. Makena Beach는 주 정부가 허가한 곳은 아니지만 백인들의 누드촌이 있고, 수영복마저 거추장스러워 벗어 던지고 맨몸으로 일광욕과 수영을 즐긴다는데, 호기심은 있지만 갈 수 없는 곳이기에 아쉬움만 가지고 포기할 수밖에 없다.

마우이하면 빼놓을 수 없는 것이 골프장이다. 바다를 따라서 시원하게 펼쳐진 골프장에서 골프를 즐기는 것은 모든 골프 애호가들이 꿈꾸는 선망의 대상이다. 하와이에서 개최되는 LPGA와 PGA대회 4개 중 2개가 마우이에서 개최된다. 특히 Kapalua Plantation과 Bay Course는 한국인들에게도 지명도가 높은 곳이다. 골프이야기가 나온 길에 Princeville Makai 라는 골프장 한 곳을 더 소개한다. 호놀룰루 공항에서 경비행기를 타고 카우아이 섬에 가면 록펠러재단에서 운영하는 프린스빌이 있다. 바닷가로만 설계가 된 18홀의 씨 사이드 코스, 인공호수로만 설계된 18홀의 레이크 코스, 그리고 3−4백년 이상의 나무가 있는 곳으로만 설계된 18홀의 우드 코스가 있다. 환

상적인 곳이다. 그러나 그린피가 만만치 않다. 골프 애호가라면
한 번쯤 가 볼만한 곳이다.

빅 아일랜드

젊은 날 주 거래처가 호놀룰루와 마우이에 있었기에 두 곳은
매년 초에 먹고 살기 위해 메주 밟듯이 누비고 다니던 곳이다.
그러나 빅 아일랜드는 호놀룰루 수입상이 거래를 하고 있었기
에 직 거래처가 없었다. 늘 가보고 싶었지만 바쁜 일정이었기에
섬에서 섬으로 이동은 그리 쉬운 일이 아니었다. 좋은 기회가
와서 놓치지 않고 25년 만인 7학년 5반이 돼서 가볼 수 있었으
니 감회가 새롭다.

우리는 하와이하면 오아후 섬으로 알고 있으나, 하와이는 빅
아일랜드를 칭하고, 빅 아일랜드는 하와이의 애칭이다. 빅 아일
랜드는 하와이 주에서 가장 큰 섬이나, 불모지가 많고 인구는
15만 명밖에 안 된다. 이곳 역시 호놀룰루 공항에서 30분 대 거
리에 있다. 건조한 서쪽의 코너 공항과 비가 많은 동쪽의 힐로
공항이 있다. 여행사를 이용하면 화산지역과 자연경관이 수려
한 곳에 가까운 힐로 공항을 이용한다. 물론 대형버스 기사가
운전을 하며 가이드까지 겸한다. 여행 전에 현지에 대한 공부를
하지 않고 떠나는 사람에게는 많은 도움이 된다. 여행은 아는

만큼 감흥이 더 한다고 했던가.

　이곳 방문의 주 목적지는 하와이 화산국립공원을 보는 일이다. 휴화산이기에 지금은 분화구에서 흰 연기만 꾸역꾸역 나오고 있지만, 주위에 금방이라도 용암이 분출한다는 생각을 하면 등골이 오싹해진다. 2011년에는 활화산이 돼서 실제로 용암이 분출된 적도 있다. 화산지대를 여러 곳 가보고 바닷가를 거닐다보면 하루해가 금시 가고 떠날 시간이 다가온다. 무지개 폭포에서 떨어지는 물줄기도 장관이지만 햇볕에 비춘 오색무지개의 영롱한 빨주노초파남보는 뇌리에서 얼른 떠나지를 안는다. 하와이 여행을 하신 분에게는 추억을 반추하는 계기가 되고, 여행을 앞으로 하실 분에게는 길잡이가 됐으면 하는 기대를 해 본다.

3. 양사언의 태산가

태산이 높다하되 하늘아래 뫼이로다
오르고 또 오르면 못 오를리 없건마는
사람은 제 아니 오르고 뫼만 높다 하더라

　양사언(1517~1584)은 율곡, 신사임당, 한석봉과 함께 조선시대
4대 문학가의 한 분이며, 한석봉과 김정희와 같이 3대 서예가로
서도 명성이 높은 분이다.

　청운의 뜻을 품고 피나는 노력을 해야 뜻을 이룰 수 있는데
사람들은 노력은 하지 않은 채 좋은 결과만을 기다린다. 작심삼
일이라고 했다. 목표를 세우고 삼일 동안은 억지로 정진을 하다
가는 노력을 중단하여 뜻을 이루지 못한다. 꾸준히 노력을 해야
추구하는 목표에 도달할 수 있다는 국어선생님의 카랑카랑 목
소리는 감수성이 예민한 사춘기 소년의 가슴에 깊은 감명을 주
었다. 태산가는 해결할 수 없는 어려움이 앞을 가로막을 때, 인

생의 후반기에 이른 지금까지도 큰 가르침으로 다가온다.

　세상을 살아감에 특별히 기억을 하지 않아도 머릿속에 있는 기억의 창고에서 술술 풀려 나오는 숫자가 있다면, 주민등록번호, 군대를 갔다 온 사람에겐 군번, 휴대전화번호, 현관비밀번호, 컴의 비밀번호 등이 있다. 우리시대에는 국문학을 전공한 사람이 아니더라도 교육과정을 통하여 많은 시조를 암기했다. 시조암기 능력이 부족하면 국어점수에 막대한 영향을 미치니 암기를 할 수밖에 없었다. 시조에 담긴 참뜻은 잘 몰라도 암기를 한 덕에 살아가는데 정신적인 지주가 됨은 훗날 자연스럽게 알게 된다. 꿈에서라도 누가 시조 한 수를 암기 하라면 거침없이 암송할 수 있는 시조는 양사언의 태산가라고 말 할 수 있다. 치매가 오기 전까지는 말이다.

　양사언의 어머니

　율곡, 신사임당과 한석봉에 대한 이야기는 문헌으로, 구전으로 우리들에게 많이 알려져 있으나 봉래 양사언에 대한 이야기는 KBS의 역사이야기를 통하여 일반대중에게 널리 알려지고 있다. 또한 태산가는 열심히 노력을 해야 성공할 수 있다는 교훈이 담긴 시로 알려져 있으나 사실은 처절하게 살다가 세상을 등진 어머니를 그리워하는 시라는 것도 역사이야기를 통하여 우리들에게 알려지고 있다.

양사언의 아버지 양민이 전라도 영광의 사또로 임명되어 임지로 가든 중이었다. 전날 이임식에서 너무 많은 술을 마셔 아침식사도 거른 채 아침 일찍 임지로 출발을 하였기에 몹시 배가 고픈 상태였다. 마침 농번기였기에 민가에는 사람들이 모두 논과 밭에서 일을 하고 있어서 민가에는 사람들이 하나도 없었다. 그러나 한 집에 있는 소녀가 눈에 뜨이기에 요기를 할 수 있느냐고 물어 보았다. 소녀는 물론 할 수 있다는 대답을 하고 사또 일행을 집안으로 뫼시고 밥을 지어 정성스럽게 대접을 했다.

사또가 보니 어린 소녀는 예의 바르고 총명해 보였다. 너무 감사해서 부채, 청성과 홍성 두 자루를 소녀에게 주면서 채단 대신 주는 것이니 받으라고 명하였다. 채단은 결혼식 전에 신랑 집에서 신부 집에 전하는 푸른색과 빨간색의 옷감이지 않는가? 총명한 소녀는 놀란 토끼 눈으로 사또를 바라보더니 재빠른 걸음으로 안방으로 들어가서 장롱에 있던 붉은 보자기를 가지고 와, 사또 앞에 펴 놓으면서 "사또님! 채단을 이 보자기 위에 놓아 주십시오"라고 했다.

내심으로 놀란 사또는 "왜 보자기를 가지고 왔느냐?"라고 했더니, 소녀는 "폐백에 바치는 혼수를 어찌 맨손으로 받을 수 있겠느냐고?"라고 했다.

영광 사또 양민이 눈코 뜰 사이 없이 업무에 열중하든 어느 날, 뜬 구름같이 모르는 노인이 찾아와서 부임지로 오던 날에 있었던 옛날이야기를 늘어놓고 있었다. 사또는 그날을 회상하며 그런 일이 있었노라고 실토를 했다.

"좋은 곳에서 청혼이 들어와도 결혼을 하지 않겠다고 합니다. 이제는 과년한 딸의 이야기로는 그때 사또님과 약속을 지키겠다고 고집을 부려서 이렇게 찾아뵙게 됐습니다."

"그러십니까? 정실부인과 사이에는 사준이라는 아들놈까지 있습니다만 노인장이 허락하신다면 댁의 딸을 소실로 맞이하겠습니다."

"딸의 뜻이 그러하니 그렇게 하겠습니다."라고 대답을 했다.

양민 사또와 소실 사이에는 사언과 사기 형제를 낳았고, 정실소생인 사준을 합치면 삼형제가 되었다. 아들 셋은 하나같이 총명하고 재주가 뛰어났다. 세월이 흘러 정실이 저 세상 사람이 됐고, 몇 년 후에 양민도 세상을 떴다. 양민이 세상을 뜨든 날 양사언의 어머니는 고민에 빠지게 된다. 자기가 낳은 두 아들이 서자이기에 벼슬도 할 수 없고 평민으로 살아야 한다는 생각을 하면 밤에 잠을 이룰 수 없었다. 장손인 사준에게 부탁을 한다. 영감님 장례식 날 내가 목숨을 끊을 테니 나도 함께 장례를 치르도록 하고 영감님 곁에 묻어달라고. 그렇게 하면 제도가 복잡하니 다른 사람들이 사언과 사기가 서자라는 것을 모를 것이다, 라는 말을 남기고 자결을 했다. 그렇게 함으로써 후일 양사언은 서자의 등급에서 벗어나 장원급제하여 벼슬길에 오르게 된다.

　여러 지방의 수령을 지냈던 그는 청백리였다. 관직에 있던 기간이 40 여 년 이상이었으나 자손들에게는 한 푼의 재산도 남기지 않았다고 전해진다. 비리에 연루되어 낙마를 하고 교도소에 가서 콩밥을 먹으며 죄 값을 치르고도 다시 등용되어 한 점의 부끄러움도 없이 큰 소리를 땅땅 치며 사는 현대 사람들을 보노라면 양심의 부재를 느끼고는 한다. 옛날이나 지금이나 탐관오리는 있었지만 양사언 같은 청백리가 현대에도 있기에 역사는 이어진다는 생각을 하면서 위안을 받기도 한다.

　그는 초서와 해서에 능했으며 큰 글자를 특히 잘 썼다고 한다. 가사로는 미인별곡(美人別曲)이 있고, 임진왜란 때는 전투에 참가하며 쓴 남정가(南征歌)가 있으며, 문집으로는 봉래집(蓬萊集)이 있다. 강원도 평창군 봉평면 흥정계곡에 가면 그가 장기를 두던 바위, 낚시를 하던 바위와 낮잠을 즐기던 바위 등 그의 흔적을 찾아볼 수 있다.

　양사언의 아버지 양민이 전라도 영광의 사또로 임명되어 임지로 가든 중 만났던 양사언의 어머니 사이에 얽힌, 양사언 태생에 대한 이야기도 담담하려니와 서자로서는 출세를 할 수 없는 당시 사회제도 하에서 양사언의 어머니가 목숨을 끊어 아들 양사언의 출세 길을 열어준 모성애와 지혜는 오늘날에도 많은 어머니들에게 가르침을 준다.

태산

태산은 꿈에 그리던 고향같이 늘 가보고 싶은 곳 중에 하나였다. 태산이 얼마나 높기에 양사언의 시조에 언급을 했을까? 그곳에 정말 무릉도원이 있을까? 세상일을 모두 잊고 살 수 있는 무릉도원은 얼마나 심산유곡에 있을까? 호기심만 증폭되던 어느 봄날 그곳을 찾을 수 있는 기회가 왔다. 같은 취미를 가지고 있는 동호인들과의 여행은 늘 즐겁다.

세계자연유산으로 지정된 태산은 중국 산동성 태안시에 있다. 태산은 중국 의 5대산인 황산, 화산, 형산, 숭산 중에 하나며 도교의 발상지다. 그들은 무릉도원이 그곳에 있고, 그곳을 오르면 재수가 좋다고 믿는 영산이다. 그렇기에 많은 절들이 있다. 한국의 계룡산쯤에 해당된다는 생각을 하게 한다. 진시황이 최초로 태산에 올라가 하늘에 제를 오렸다고 한다.

그 이후, 역대 72명의 황제들이 그곳에 올랐고, 공자와 모택동도 그곳에 올랐다고 한다. 황제의 일행이 7000 여개의 돌계단을 가마 타고 올라갈 때 가마꾼들의 얼마나 많은 땀을 흘렸을까? 한국인들이 많이 찾는 황산이나 장가계를 갈 때 한국인들에게 가마타기를 권한다. 산비탈을 가마에 관광객들을 태우고 잘도 뛰어다닌다. 경험이 많은 석공이 돌을 떡 주무르듯이 그들은 이골이 난 것 같다.

  많은 황제들이 제를 올린 곳이니 명산이란 말은 맞는 것 같
다. 태산의 높이는 1,532m 밖에 안 되나 산세가 험악하고 경사
가 가파르다. 입구부터 무릉도원을 연상하게 하는 가로수인 복
사꽃이 아름답다. 케이블카에서 내려다보면 초입부터 산 정상
까지 계곡과 능선에 흐드러지게 핀 노란 개나리꽃은 내 조국,
한국의 초가집 울타리에서 흔히 보든 개나리꽃과는 또 다른 아
름다움으로 느껴진다. 우리나라에는 산 정상까지 붉은 진달래
가 만발한 것은 어릴 적부터 보아왔지만 진달래가 있어야할 자
리에서 개나리가 무리지어 활짝 핀 모습은 처음으로 본다. 산
길과 돌계단을 밟고 올라와 커다란 빵조각을 손으로 뜯어 입
에 물고 우물거리는, 위 아래로 검은색 옷을 입은 현지인들에게
"니하우"라고 던진 인사말에 그들은 히죽이 웃으며 답례를 한
다. 힘들게 걸어서 정상으로 올라온 그들의 이마에 맺힌 땀방울
이 햇볕에 반짝인다.

4. 중국 황산에도 가을이

　중국 십대절경 중에 하나라는 황산을 가보겠다는 생각은 늘 하면서도 차일피일 뒤로 미루다 보니 세월만 흘러갔다. 여행을 가자고 하면 늘 사양하지 않는 윤상만 학형과 둘이서 K관광 패키지여행에 한 다리를 들여 밀기로 했다. 처음에는 여행참가비가 칠십만 원 정도라는 광고를 내더니 얼마 있지 않아서 육십만 원대로 가격이 내려앉는다. 막상 갈 차비를 차리고 전화를 했더니 원금 삼 십 만원에 유류할증료 등을 포함하면 육 십 만원 대라고한다. 정상적인 가격이 백만 원 정도라는 것은 알고 있는 터다. 싼 것이 비지떡이라 했던가? 찜찜했지만 내친 길이라 피하지 않고 결정을 했다. 잠 잘 곳은 별 다섯짜리 호텔이라고 하니 잠자리는 편할 것이고, 음식은 중국 사람들이 먹는 현지식이라 한다. 먹는 것은 입맛에 맞게 간을 맞추어 먹으면 될 것이고, 선택 조항에 따르는 쇼핑과 발마사지 정도는 현지 가이드의 마음을 건드리지 않으면 될 것이 아닌가. 세상에 공짜는 없다.

황산은 자연경관을 보러 가는 곳이다. 이상하게 생긴 돌, 바위틈에서 진한 생명력을 가지고 자란 소나무 그리고 산 아래에 펼쳐진 구름이 아니던가. 봄부터 겨울까지 황산 특유의 아름다움을 보여 준다고 했다. 일 년에 220일 동안을 비가 내린다고 했다. 여행기간 동안 비만 맞고 왔다는 사람, 안개 속 만 헤매다가 왔다는 사람들이 많다. 몸매가 예쁜 여인은 아무에게나 몸매를 보여주지 않듯이 황산이 아름답기는 아름다운가 보다. 일년 중에 맑은 날씨는 칠십일 밖에 안 된다는 쓰촨 성보다는 났지 않을까? 혼자서 곱씹어 본다.

황산은 운곡케이블, 옥병케이블 그리고 태평케이블 중 한 곳을 택해 일정한 거리까지는 케이블로 올라가고 나머지는 걸어서 올라가고 내려오는 코스다. 백미는 역시 서해대협곡이다. 나이가 많거나 등산경험이 많지 않은 분은 비용이 많이 들어도 케이블에 앉아서 서해대협곡을 즐기고 감상할 수 있는 태평케이블을 이용할 일이다. 계단을 오르내리는 시간이 네 시간에서 다섯 시간이나 걸리니 노약자는 처음부터 포기를 하던가, 아니면 현지인이 운영하는 대나무로 만든 지게차에 몸을 맡기고 다녀야한다. 지게차는 말이 그렇지 대나무 두 개의 가운데에 사람이 앉거나 누울 수 있게 하고 현지인 둘이서 앞과 뒤에서 어깨에 위에 손님을 태우고 높게 경사진 산을 오르내리는 일이다. 땀을 뻘뻘 흘리며 산을 오르는 현지인을 보노라면 안쓰럽기까지 하다.

산은 변화무상한 곳이다. 황산을 제대로 보려면 산 아래 구름을 제대로 볼 수 있는 봄가을과 눈꽃송이를 볼 수 있는 겨울에 산 정상의 숙소에서 오랫동안 머물며 즐길 일이다. 며칠 동안에 웅장한 황산을 모두를 보려는 욕심에서 벗어나야 한다.

휘상(徽商)은 안휘성 휘주에 속해 있는 상인집단을 말한다. 휘주는 척박한 산으로 쌓여있는 곳이다. 우리나라로 말하면 산골 중에서도 산골이다. 고향에서는 먹고 살기가 힘들다. 모든 애들은 13세 전후가 되면 고향을 등지고 외지로 나가서 장사를 해서 생계를 유지하고 외지에서 성공을 하면 늙어서 고향으로 돌아온다. 외지에서 성공하면 고향에 돌아와서 외지에서 번 돈을 고향에서 좋은 일에 사용하는 전통이 있다고 했다. 휘상의 주 종목은 전당포, 소금장사, 면포, 차와 붓과 먹 그리고 종이였다고 한다. 휘상은 그들 나름대로 규칙이 있다. 우리들의 상조계 성격이다. 근면성실해야 하고 상부상조해야 한다는 곳에서 눈이 멎는다. 외국에 나가 있는 우리들은 하나의 업종이 잘 되면 인근에 비온 후에 대나무 순이 솟아나듯이 잘 되는 업종의 인근에서 서로 치고받아 결국은 모두가 손해를 보는 우리들을 생각하게 한다. 그들의 세계에서는 있을 수 없는 일들이다.

그들은 장사는 생계 수단 이었고 최종의 과거에 급제하여 관리로서 입신출세를 하는 것이라고 했다. 휘상의 역사는 진나라에서 시작하여 청나라 때까지 근 400년의 뿌리를 갖고 있다고

했다. 휘상(徽商)은 화상(華商)의 뿌리라는 생각을 떨쳐 버릴 수가 없다. 휘상은 전 세계에 흩어져 있는 휘상의 모임이 있고, 매년 성대한 모임을 갖고는 한다. 그들 나름대로 상부상조하는 상인 정신은 부럽기만 하다.

화상은 대를 이어 동업을 한다고 했다. 과연 우리는 그렇게 대를 이어 동업을 하는 기업이 몇이나 있는 가를 생각하게 한다. 한 사람이 어렵게 기업을 이루어 놓으면 다음 대에는 형제들 간에 머리가 깨지게 싸움을 하고, 법정으로까지 가는 현실을 지상을 통하여 쉽게 볼 수가 있다. 화상과 우리 사이에는 무엇이 다른가를 집중적으로 연구하고 배워야 한다는 생각을 한다.

중국 안휘성의 휘상은 중국의 수많은 인재를 길러냈다. 대표적인 인물로는 명나라 주원장과 장쩌민 그리고 후진타오가 안휘성에 뿌리를 둔 이들이다. 유태인이 그렇고 한국인이 그렇듯이 척박한 환경은 사람들을 더 강하게 만든다는 생각을 하게 한다.

5. 강원도 화진포에는 지금도

　밀고 밀리는 격전의 세월이 간 지 60 여년이 지났다. 화진포에는 지금 이슬비가 내리고 흐린 날씨에 입을 다문 채 말없는 금구도가 흐릿하게 멀리 보일 뿐이다. 동해의 포구가 정겹지 않은 곳이 있겠냐마는 화진포는 특히 경관이 빼어난 곳이다. 이승만 대한민국의 초대 대통령의 별장이 있고 아래쪽에는 자세를 낮춘 이기붕 부통령의 별장이 자리를 잡고, 금구도가 대려다보이는 산 중턱에는 북한 김일성 주석의 별장이 자리하고 있음은 이를 증명이라도 하는 듯하다. 해당화가 피고 지듯이 그렇게 세월은 흘러갔고, 한 세대를 주름잡던 지도자들도 모두 세상을 떠났다. 이곳에서 멀리 않은 곳에서 총소리 없는 전쟁은 지금도 계속되고 있으니 우리의 애환은 현재도 진행형이다. 언제 우리의 애환을 풀고 자유롭게 살게 될 날이 올지, 화진포의 먼 바다를 바라다보며 깊은 생각에 빠지게 하는 곳이다.

　이승만 초대 대통령의 별장에 옛날에는 그 분이 생존 시에 사

용하던 침구며, 프란체스카, 영부인의 한 복 등이 모두 이화장
으로 옮겼는지 보이지 않고 사진과 그 분의 녹음된 육성이 흘러
나온다. 치적 중에서 토지개혁과 초등학교 의무교육 실행 이라
는 문구가 눈에 들어온다. 많은 토지를 소유한 지주의 땅을 소
작인들에게 5년 동안에 상환하는 조건으로 분배를 해준 정책,
그리고 문맹률을 낮추고 국민의 살아가는데 필요한 지식을 갖
추게 하는 의무교육의 실시다.

　어떤 이는 그분을 독재자라고 몰아 부친다. 늙었던 말년의 행
적에는 필자도 동감한다. 1960년 4월 18일에는 이기택, 이세기
선배들의 주도하에 행한 데모에 당시 대학 2년생의 유도 선수였
기에 데모대의 선봉에 섰다. 평화적인 데모를 마치고 모교에 돌
아가서 밤늦게 유진오총장의 말씀 중에 "나는 야당의원 자손들

이라 해서 입학을 특별히 해 준적이 없다. 지성과 야성을 갖춘 제군들의 행동에 제재를 가할 생각은 조금도 없다"라는 말이 지금도 어제와 같이 기억이 생생하다.

　4월 18일, 밤늦게 돌아온 동생의 손을 덥석 잡고 살아 돌아와서 고맙다고 눈물을 흘리던 누님에게는 지금도 미안한 생각이 든다. 다음 날인 4·19일에는 만류를 뿌리치고 집을 나가 학교로 향하고 또 다시 데모대의 선봉에 서서 "독재자는 물러나라!"를 선창하며 소공동 일대를 휘젓고 다녔다. 밤에는 학교 앞에서 살던 유준웅 학형 집에서 친구들과 함께 머물렀다. 데모에 가담한 학생들을 가가호호 가택수색을 한다는 헛소문에 벌벌 떨었다. 격랑의 시대를 살아오면서 생각을 달리하는 운동권 학생들과 가족의 애환에는 이해가 간다.

지도자도 인간이기에 동전에 양면이 있듯이 잘한 일이 있으면 잘못한 일이 있게 마련이다. 세계2차 대전이 끝나고 숙명적으로 남한은 미국의 손에, 북한은 소련의 손에 들어갔다. 우리들의 눈에 보이지 않는 손이 남에는 이승만을, 북에는 김일성을 지도자로 선택을 했다. 카이로 회담과 포츠담 선언의 내용을 들여다보면 알 수 있는 일들이다. 이승만은 미국에서 교육을 받았고 국제정세를 꿰뚫어 보는 통찰력이 있고 특히 미국 사람들의 속내를 들여가 볼 줄 아는 정치가였다. 그분의 호기와 뚝심은 남다르다. 미국의 의사와는 달리 반공포로의 석방과 미국대통령 아이젠하워가 한국 방문 했을 때 한국식으로 미국 대통령의 어깨를 두드리지 않았던가.

한국전쟁 후에도 어쩔 수 없이 살기남기 위해 공산치하에서 그들에게 협조한 이들에게 절대로 보복을 하지 말라고 엄명을 내렸었다. 그분이 재임기간 중에는 미국이 가장 골치 아파하는 노련한 정치가였다. 역대 대통령 중에서 재산을 탐하지 않은 분이 몇인가를 생각해보면 알 수 있는 일이다. 자신의 가족과 측근들의 안위에만 연연한 소인배는 아니었다. 잘못이 있다면 아첨하는 소인배들에 둘여 싸여 권력의 정상에서 내려올 시기를 몰랐다는 거다. 국민의 저항에 밀렸을 때 "국민의 원한다면 하야 하겠다"라는 말을 마지막으로 그는 역사의 장에서 사라졌다.

누가 뭐라고 해도 5000년 역사에서 지긋지긋한 가난의 굴레를 벗겨준 분은 박정희 대통령이었고, 자유민주주의와 시장경제의 토대를 구축한 분은 이승만 대통령이었다. 자신이나 가족

의 영달을 위해 재산을 해외에 은닉한 지도자는 아니다. 통치철학을 보면 언제나 국가와 국민을 진정으로 생각한 분들이다. 입만 열면 두 분을 독재자 운운하는 사람들을 보노라면 어안이 벙벙해 진다. 후세 역사학자들이 편견 없이 객관적으로 조명해야 할 일들이다.

6. 다문화 거리 안산 원곡동

　다문화 가정이란 말은 지상을 통하여 많이 들었지만 다문화 거리라는 말은 생소한 말이기에 귀가 번쩍 뜨였다. 원곡동에 사는 사람들의 이야기가 듣고 싶어서 몇 차례 가보았고 또 갈 생각이다. 외국인이 가장 많이 살고 있는 곳이 안산시라고 했다. 외국인이 안산시 전체 인구의 10%를 차지한다고 했다. 특히 원곡동의 인구는 5 만여 명이고, 3만 여명이 외국인이라니 외국인이 60%를 점한다. 외국인 중에서 조선족이 78%이고, 베트남, 우즈베키스탄, 필리핀, 인도네시아 등의 순서로 이어진다. 직업별로 보면 근로자가 70%, 결혼이민자가 10%, 유학생 6%, 방문이 12%로 되어있다. 가리봉동과 이태원 그리고 인천의 중국인 집성촌과는 다른 이색적인 곳이다.

　다문화 거리라는 간판을 따라 가보면, 8차선 쯤 되는 확 트인 거리의 양편에는 점포들이 꽉 들어 차있다. 간판을 들여다보면 한글, 한문, 베트남어, 몽골어 등이다. 진열된 상품에는 열대 과일에서부터 개고기까지 다양한 상품들이 진열되어 있다. 우랄알타이 계통인 한국인, 중국인과 몽골인은 그들이 입을 떼기 전에는 어느 나라 사람인지 전혀 분간이 가지 않고 옷맵시로 봐서 추측이 가능할 뿐이다. 피부색이 가무잡잡하고 체격이 작으면 필리핀이거나 인도네시아 사람으로 보면 된다. 몸매가 늘씬하고 키가 후리후리하면 방글라데시, 파키스탄 등 아리안 계통인 인도계 사람이다. 거리를 한참 걷다가 보면 축소판 아시아에 와 있다는 착각을 하게 된다. 다문화 거리가 아니고 국경 없는 아시아의 거리라 함이 옳을 듯하다.

음식

각 나라의 전문 음식점이 150여개가 간판을 내 걸고 있다. 외국에서 우리를 상대로 음식점을 경영하는 교포 분들이 고추장 된장을 한국에서 공수해서 외국에 있는 우리의 입맛을 달래 주듯이 그들도 자기 나라에서 자국민의 입맛에 맞는 고유의 양념을 공수 해 온다고 했다. 그들의 음식문화를 접할 수 있는 기회이기에 인도식 카레와 중국식 전병을 맛보았다. 독특한 맛이 난다. 열대 과일 중에서 두리안 가격이 1Kg에 4000원이라 했다. 성수기와 비수기에 약간의 차이는 있지만 현지보다도 저렴한 가격이다.

우리는 정육점에서 개고기를 팔지 않고 있지만 그들은 정육점에서 또는 노점에 개고기 또는 단고기라는 이름으로 판매를 하고 있다. 파와 갖은 양념을 넣어 끓이고, 고기도 칼로 썰지 않고 고기 결 따라서 손으로 찢어서 만든, 어쩌면 우리 할머니들의 요리방법

으로 만든 요리다. 흥미가 진진하다. 다음 방문 때는 개고기를 좋아하는 친구들과 함께 갈 생각을 해 본다. 현지 음식점에서 양고기를 비롯한 각종 현지 요리들을 현지에 가지 않고도 맛 볼 수 있는 곳이, 원곡동 다문화 거리다.

폭력조직

이민사회를 대표하는 미국에 가보면 이태리인의 집성촌에는 마피아가, 일본인의 집성촌에는 야꾸자가, 한국인 집성촌에는 조폭이 있듯이 이민 초기에는 각종 범죄조직이 활개를 친다. 피할 수 없는 이민 초기에 어느 나라에나 있는 조직이다. 중국의 휘상(徽商) 집단과 같이 새로 이민 온 사람들에게 직업을 알선해주고, 새로운 사업을 시작하는 이에게는 자본을 대주는

이들이 있는가 하면 폭력 조직이 있다. 그들은 불한당이다. 땀 흘려 일하지 않고 폭력을 이용해 불로 소득을 취하는 사람들이다. 그러나 민족과 민족 간에 문제가 발생했을 때는 자국민을 보호하는 보호자 역할을 하기도 하고, 자국민 간에 사리에 어긋나게 이익을 추구하는 이들을 제거하는 역할을 하기도 한다. 폭력 조직이 범법행위를 할 때는 어느 나라 사람이 이렇게 잔인한 행위를 했다는 사실을 현지 언론들은 대서특필을 한다. 어느 나라를 막론하고 이는 기자들에게는 특종감이다. 기사가 날 때마다 현지인들은 혐오감을 갖게 되고 그 민족이 모두 그런 행위를 하는 것 같이 착각을 한다. 이곳에도 불법체류자가 대략 6만 정도라고 했다. 이들은 돈을 더 벌어 가기위해 체류하는 이들이 대부분이라 했다.

한국의 노년층은 젊은 시절에는 돈이 되는 일이라면 도둑질을 빼 놓고 무슨 일이든 했다. 그러나 현대의 젊은이들은 배고픔을 모르고 자란 세대들이기에 3D 업종이란 새로운 말을 만들어 냈다. 소득이 향상되면 필연적으로 따르는 사회의 단면이다. 잘 사는 나라일수록 힘든 일은 다른 나라 사람들이 와서 메워준다. 출퇴근 시간에 안산역 또는 다문화 거리 입구에 서서보면 밀물과 썰물 같이 밀려오고 빠져 나가는 사람의 물결을 보게 된다. 그들이 없으면 중소기업들은 현지 공장을 정리하고 인건비가 저렴한 다른 나라를 찾아서 떠나야 한다. 그들이 한국까지 찾아와서 상생의 길을 걷고 있다는 생각을 한다.

우리들의 자화상을 뒤 돌아 보자. 가난을 떨쳐내고 잘 살기위해 1966년 월남 전쟁터에 뛰어든다. 고엽제가 뿌려진 정글 속에서 전쟁을 치르고, 1773년 월남전 종료와 동시에 모두 귀국길에 오른다. 우여곡절 끝에 1966년 서독에 광부와 간호사를 파견한다. 광부는 지하 1000미터에 지열이 40도가 넘는 곳에서 일을 했고, 언어가 통하지 않는 간호사는 사체를 알코올로 닦아 내는 일도 마다하지 않고 일을 했다. 1977년까지 파독된 광부의 숫자가 7,932명이고 간호사가 1만226명이었다. 그뿐인가 세계1차 석유파동이 났던 1970년대에는 열사의 땅, 중동에서 횃불을 켜고 밤에 작업을 했던 우리다. 사심이 없는 참 지도자, 박정희 대통령 지휘봉 아래 일치단결된 국민의 힘으로 이룬 오늘이다.

가난에서 벗어나기 위한 꿈을 이루기 위해 한국을 찾아온 그들을 따뜻하게 대해줘야 한다. 그들이 꿈을 이루고 자기 나라에 돌아가서도 한국의 문화홍보 대사로, 때로는 한국제품의 소비자가 될 수 있도록 배려를 해야 한다. 그들은 또 다른 우리의 산업역군이기 때문이다. 원곡동에는 8개 국어를 할 수 있는 한국인 또는 한국어에 능통한 외국인 전문가들이 배치되어 각 분야에서 그들과 의사소통을 하게하고 그들을 돕는 일에 밤과 낮이 없이 그들을 돕고 있다. 은행은 일요일도 없이 365일 근무를 하고 경찰도 마찬가지다. 은행과 경찰에도 현지인들이 은행원으로 또는 경찰로서 특채되어 일하고 있다. 원곡동다문화 거리는 공포의 거리가 아니고 치안이 확보된 흥미진진한 거리로 만들어야 한다는 생각을 한다.

다문화 가정

단일민족이란 말은 우리에게 어울리지 않는 말이 됐다. 튀기, 아이노고, 그리고 파란 눈깔이니 하는 다른 민족과 이룬 가정에 대한 멸시의 말은 없어져야 한다. 전남대 지리학과 이정록 교수의 글에서 보면 광주 근교의 초등학교의 1~3학년의 절반 이상이 다문화 가정의 학생이고 면단위 초등학교에는 31.9%가 다문화 가정의 학생이라고 했다. 전남뿐이 아니고 전국적인 추세라고 했다. 그들은 어머니가 한국말에 익숙하지 못한 만큼 모국어에 능통하니까 자녀가 또 하나의 외국어를 익힐 수 있는 좋은 기회가 있다는 이야기가 아닌가?

세계는 바야흐로 한 지붕 밑의 대가족이 돼가고 있다. 우리의 경제의 80%가 무역에 의존하고 있고, 우리도 모르는 사이에 세계의 7위를 차지하는 무역대국이 됐다. 중동에서 전쟁이 나면 석유문제는 직간접적으로 우리경제에 큰 영향을 미치고, 일본의 원전문제가 발생했을 때는 우리의 생산 공장현장을 요동치게 한다. 다른 나라의 불행은 곧바로 우리의 불행이기 때문이다.

다문화 가정을 이루고 사는 가족이 백이십 만이라 했으나 숫자는 하루가 다르게 기하급수로 늘어나고 있다. 다문화 가정형성의 과정을 보면 유학 중에 눈이 맞아서, 외국인 회사의 근무 중에 또는 외국으로 파견 근무 중에, 도시 근로자, 농촌지역의 노총각, 장애인 등의 사연도 가지가지다. 중 상류 층이야 본인들이 해결 능력이 있으니 큰 문제가 없으나, 농촌지역과 장애인의 가정에는 이웃들이 그리고 국가차원에서 많은 도움을 줘야 된다는 생각을 한다. 각 지방의 지자체에서 나름대로 많은 노력을 하고 있음이 눈에 보인다.

그들이 안고 있는 문제 중에서 심각한 것은 첫 째로 언어의 소통이고 둘째로 문화 차이의 극복 그리고 종교적 갈등이라 하겠다. 프로이드의 정신분석이론을 보면 12세까지가 모든 인격 형성의 중요한 시기고, 일생동안 배울 것의 기초는 유치원에서

모두 배운다고 아동심리학자들은 흔히들 말한다. 부부간의 언어의 소통과 화합이야 말로 중요한 의미를 갖는다. 어릴 때 가정교육도 이에 못지않게 일생을 지배한다고 말 할 수 있다. 다문화 가정에서 생산한 자녀들은 우리나라를 이끌어 갈 동량들이고, 가정을 만들어 준 두 나라 정치, 경제, 문화, 사회를 연결하는 연결 고리 역할을 할 수 있는 인재를 양성하는 것이다. 어머니 또는 아버지를 통해서 두 나라 언어를 익힐 수 있는 이들이기 때문이다. 초창기에는 어려움이 따르겠지만 어려웠던 만큼 애들은 더 성장을 한다. 계곡이 깊으면 산이 높듯이 말이다. 어쩔 수 없이 우리 앞에 성큼 다가선 현실이다.

외국에서 사는 우리교포들도 이민1세는 그 나라의 영주권이나 시민권을 가지고 살아가도 정신세계는 한국인으로 산다. 그러나 2세대부터는 현지화 되어가고 3세대나 4세대쯤 가면 외모만 한국인이지 현지인이 된다. 중국을 드나들다 보면 조선족 4세대 정도가 한국인의 앞에 서서 일을 하는 경우가 많다. 그들은 국적이 중국인이 듯이 사고방식도 중국인화 되어있다. 그러

나 그들이 한국인이라고 착각을 하는 한국인들을 가끔 만나고
는 한다. 중국과 한국이 축구시합을 하면 그들은 중국을 응원
한다. 우리는 착각에서 벗어나야 한다. 언어의 소통을 맡아주어
그들과 우리 사이의 가교 역할을 하고 그들에게도 할아버지의
나라가 잘 살기에 기를 펴고 현지에서 살아 갈 수 있다.

　전 주한 미국대사 캐슬린 스티븐스는 한국명 심은경이란 이
름을 갖고 우리에게 친근감을 주었다. 후임 대사는 한국계인 성
김 대북특사가 주한 미국대사로 일을 한 적이 있다. 중국에도
주중 미국대사로 중국계 미국인 게리 로크 상무장관이 일을 한
적도 있다. 우리의 시각으로 보면 그들은 같은 핏줄이다. 금의환
향이다. 그러나 그들은 철두철미하게 미국의 국익을 위하여 일
을 한 사람들이란 점을 잊어서는 안 된다. 국적취득의 조건으로
속인주의와 속지주의를 논하기에 앞서 다문화 가정에서 생산한
아이들은 우리나라를 위하여 일 할 수 있는 확실한 우리의 자
녀다. 다문화 가정이 확대된다는 사실은 한국인으로 좋은 기회
라는 생각을 하고 우리 모두가 합심을 해서 애정을 가지고 키워
야 한다는 생각을 한다.

7. 전쟁의 흔적을 찾아서 - (1) 백마고지

경원선의 시발점인 용산역에서 동두천으로 가는 열차에 몸을 실었을 때는 봄비가 추적추적 내리고 있었다. 동두천역에서 백마역으로 가는 중에는 밖에 비가 세차게 뿌리고 차창에는 빗물이 흘러 밖이 보이지 않는다. 말없이 저 세상으로 가버린 수많은 넋들이 비가 되어 말 못한 슬픔을 그들의 고향에 계신 부모와 친척 그리고 초등의 친구들에게 전해 달라는 것 같다는 생각을 했다. 아름다운 청춘을 불살라 버린 그들의 영혼이 편안하기를 바라는 마음을 전할 길이 없어 혼자서 마음속으로 기도를 했다.

동두천에서 백마고지 역까지 끊겼던 경원선의 일부가 복원됐다. 잘린 신체의 일부가 이어진 것이다. 일제강점기에는 곡창지대인 호남평야에서 우리 국민들이 피땀 흘려 생산한 쌀을 일본으로 반출하는 항구가 목포항이었다면, 철원, 김화와 평강평야에서 생산된 쌀을 일본으로 운반하는 항구는 원산항이었다.

경원선은 일제의 수탈수단으로 건설된 철도다. 그러한 철도가 6·25 전쟁 중에 파괴됐다. 백마역에서 볼 수 있는 '철마는 달리고 싶다'라는 글귀는 읽는 이의 가슴을 아리게 한다.

6·25 전쟁당시 미8군사령관 이었던 밴프리드 장군이 철원, 김화와 평강을 철의 삼각지대(Iron Triangle)이라고 명명한 것은 그만큼 곡창지대 확보 밑 중부전선 군사도로의 중요성 등 전략적 요충지이기 그곳을 무너뜨리고 선점해야 한다고 하지 않았을까 하는 생각을 하게 한다. 철의 삼각지대의 중심에 백마고지가 있다. 백마고지는 산의 높이가 395m 밖에 안 되는 아주 낮은 산이다. 우리나라 산촌 어느 곳에서나 쉽게 볼 수 있는 야트막한 산이다. 봄이면 개나리 진달래가 만발하고 애들이 올라가 뛰며 놀던 그런 평범한 곳이다. 그러나 백마고지는 북에서 뻗어나온 산줄기의 마지막이다. 백마고지 남쪽에는 철원평야가 그리고 동쪽에는 김화평야가 이어지는 넓은 뜰이 전개되는 곳이다. 전술가가 아닌 문외한이 보아도 백마고지를 적에게 빼앗기면 중부전선이 무너져서 연천과 포천까지 쉽게 뚫린다는 것쯤은 쉽게 알 수가 있다.

1950년 6월 25일부터 현재까지 60여년을 전사(戰史)에서 찾아보면 밀리고, 밀고, 다시 밀리고 그리고는 원상회복에 가까운 상태가 된다. 전쟁 전의 38선에서 남북의 분할선이 들쭉날쭉 변경된 휴전선으로 바뀐 형태가 됐다. 밀린 정점에는 다부동 전투가 있고, 전선을 밀어올린 정점에는 장진호 전투가 있다. 전전협정이 조인될 때까지 치열했던 펀치볼 전투, 백마고지 전투를 간과할 수가 없어 간단히 기술 한다.

다부동 전투

북한은 조국통일이라는 미명하에 동년 6·25일을 기점으로 소련 스탈린의 전폭적인 지지와 중공 모택동의 묵게 하에 물밀듯이 남쪽으로 내려왔다. 남남 갈등 속에 큰 소리만 땅땅 치고 전쟁준비가 없었던 남한은 어처구니가 없이 밀리기만 하다 그해 8월 대구까지 밀린다. 대구 근교인 왜관 일대의 마지막 보루인 낙동강 일대에서 한여름의 피비린내 나게 벌린 다부동 전투가 있다.

M1 소총에 장전된 탄알을 방아쇠를 당겨 모두 쏘고 나면 탄착을 갈아 끼울 줄 몰라서 "소대장님! 총이 입을 벌리고 있어요."라고 했던 학도병, 최연소 15세의 그들은 7,000여명이 군번 없이 아침이슬로 사라졌다. 다부동 전투의 중심에는 백선엽 장군이 있었다. "내가 물러나면 나를 쏴라"라고 외치면서 전선을 지휘했던 백선엽 장군이 있었기에 1950년 9월15일 맥아더장군이 인천상륙작전을 성공할 때까지 버티기를 했다.

의용군이라는 이름하에 징집되어온 남한 출신의 북한병사 그리고 정규군인 국군과 인민군, 동족 간에 피비린내가 나는 살육전이 대대적으로 전개된 전투로 기록된다. 맥아더 장군의 극적인 인천상륙작전의 성공으로 동년 9월 27일 중앙청에는 인공기가 내려지고, 해병대 박정모 소위가 태극기를 계양한다. 다음 날인 28일에 수도 서울을 완전히 수복하고 이승만 대통령과 맥아더 유엔군 사령관이 서울 환도 식을 거행했다.

장진호 전투

UN군의 북진으로 중국국경에 위협을 느낀 중공의 모택동이 미국에게 저항하고 북한을 돕는다는 소이 '항미원조전쟁'이란 이름하에 이미 잠복해 있던 중공군이 동년 11월 26일 개마고원에 있는 '장진호 전투'에 인해전술로 전쟁에 개입을 한다. 이 전투에서 모택동은 그의 아들 모안영을 잃는 슬픔을 맛본다. 영하 40도 라는 혹한에서 얼어 죽고, 포위되어 대포 밥이 된 젊은 병사의 숫자는 헤아릴 수가 없다. 전세는 다시 역전되어 UN군은 경기도 평택에서 강원도 삼척을 잇는 선까지 후퇴를 해야하는 비운을 맞는다. 장진호 전투가 빌미가 되어 아수라장이 된 함흥철수 작전도 바로 그때인 것이다.

또한 만주폭격을 주장하던 맥아더는 미국 투르먼 대통령과의 갈등으로 해임을 당한다. 당시 70세였던 맥아더장군은 마지막으로 "노병은 죽지 않는다. 다만 사라질 뿐이다."라는 유명한 말을 남기고 고국으로 돌아간다. 전쟁이 발발한지 일 년에서 이틀이 모자라는 1951년6월 23일 소련 UN대표였던 야코프 말리크가 휴전회담을 제의하고, UN사령관이었던 리지웨이 장군이 이를 수락 한다. 휴전회담이 시작되면서 한 치의 땅이라도 더 확보하려고 사력을 다해야 했기에 치열한 전쟁은 다시 시작된다.

펀치볼과 백마고지 전투

1953 7월27일 휴전협정을 맺기까지 2년 동안 지금의 휴전선을 중심으로 휴전회담이 진행되고 있는 서부전선을 제외한 동부전선에서 중부전선에 이르기까지 전 지역에서 뺏고 뺏기는 사투가 계속됐다. 특히 1951년 8월 31일부터 9월 29일까지 양구 북방 해안분지, 동부전선의 요충지인 펀치볼전투와 중부전선의 핵심인 백마고지전투는 쌍방이 양보할 수 없는 전략 요충지이기에 밀고 밀리는 전투가 치열했다. 전투가 치열했다는 이야기는 많은 인명살상이 전쟁이란 이름하에 이루어졌다는 말이다.

백마고지전투는 아군의 김종오 장군이 이끄는 9사단과 중공군 38군이 1952년 10월 5일부터 15일까지 10일 간 사활을 건 전투였다. 전투 중에 고지 주인이 12번이나 바뀌었다고 한다. 포격전에서 육박전까지 피아의 전사자가 2만 명이란 말은 시신과 먼지 속에서 치룬 전투가 아니겠는가? 전투를 치룬 후 하늘에서 보면 고지가 백마의 형상으로 변했기에 백마고지라고 이름

을 지었다고 한다.

6·25 전쟁을 수행한 당사자들은 모두 역사 속으로 자취를 감추었다. 미국은 트루먼 대신 오바마 대통령이, 중국에는 모택동 대신 시진핑 주석이, 남한에는 이승만 대신 박근혜 대통령이, 북한에는 김일성 대신 김정은 노동당 제1비서로 자리바꿈을 했다. 자리바꿈을 한 것 외에 총소리 없는 전쟁은 지금도 계속되고 있다.

근대 분단국이었던 독일과 베트남은 통일을 했다. 영구분단국

이 된 몽골제국을 제외하면 지구상에 분단국은 대만과 한반도 밖에 없다. 우리분단의 빌미를 제공한 일본, 세계2차 대전 이후 실질적으로 분단에 관여했던 미국과 소련, 대국으로 부상하고 있는 중국이 있다. 우리주위 국가들의 정치적 역학관계는 60여 년 전이나 지금이나 큰 변화가 없음을 읽을 수 있다. 역사의 뒤안길을 살펴보면 우리는 그들의 이해관계에 따라서 우리의 운명이 결정되고는 했다. 유도에서는 되치기라는 기술이 있다. 상대의 힘을 이용하여 상대를 이기는 전술이다. 강대국에도 틈은 있다. 작은 나라 이스라엘이 중동의 여러 나라들을 상대함에 지혜롭게 대처한다.

　주지하는 바와 같이 유태인은 세계인구의 0.2%밖에 점하고 있지 못하지만 세계 곳곳에서 막강한 힘을 발휘하고 있으며 특히 미국의 정치, 경제, 언론, 영화 등에서 유태인의 역할은 상상을 초월한다. 중동에서 작은 나라 이스라엘의 존재감이 두드러진 것도, 독일의 정치인들이 두고두고 이스라엘에 사죄를 하는 것도, 뿌리를 캐 들어가면 뒤에는 힘센 유태인들이 포진하고 있기 때문이다. 미국 명문대의 입학과 졸업생 명단에 자주 등장하는 학생들이 유태계 아니면 한국계라고 한다. 멀지 않아 세계 속에 한국으로 우뚝 솟는 날을 기대해 본다.

DMZ의 오늘

김원호

바람소리
새소리
따스한 햇살까지
빨아드린 고요
긴장이 감도는
폭풍전야의 정막강산
마지막 비명의 여운이 오늘까지
메아리 쳐
고향의 어머니가 그립다는
젊은 넋들의 가녀린 소리
고요 속에 묻혀 할 말을 잊었네
울적한 마음의 가닥
어느 강물에 풀어낼까

8. 전쟁의 흔적을 찾아서 - (2) 펀치볼 전투

여행일정을 눈여겨보았다. 화천 파라호의 붕어 섬, 평화의 댐 그리고 비목, 돌아오는 길에 두물머리까지 포함된다. 구미가 당겨 참여한 여행이다. 보너스로 동 중부 전선의 핵심인 을지전망대를 보는 행운을 얻었다. 서부전선과 동부전선의 통일전망대는 몇 차례 가 보았다. 계절에 관계없이 강원도를 수없이 드나들면서도 인제와 양구 그리고 화천은 지나쳤다. 6·25 전쟁을 통하여 격전지 중의 하나인 펀치볼지구 전투의 현장을 늦게나마 가본다는 것은 가슴 설레는 일이다.

붕어빵에 붕어가 없듯이 붕어 섬에는 붕어가 없었다. 허기야 칼국수에도 칼은 없으니까 이해가 간다. 작열하는 햇볕이 피부에 와 닿고 이마에는 땀이 송그린다. 북한의 수공에 대비해 축성한 평화의 댐 하구에는 자작자작하게 적은 양의 물만이 보인다. 평화의 상징인 비둘기에는 한 쪽 날개가 부러진 채 비상을 꿈꾸고 있다. 땀을 뻘뻘 흘리며 계단을 내려가다 보면 우측 십

자가 위에 녹슨 철모가 '나를 좀 보라고' 애절하게 소리친다. 60
여 년 전 동족상잔의 피비린내 나던 격전지를 말해주는 비목공
원이 가시철망 안에 갇혀 있다. 젊은 넋들이라도 모두 그리던
고향 땅에 가기를 늦게나마 기도하면서 무거운 발길을 옮겼다.

　버스가 산 정상에서 미끄러지듯이 아래로 내려간다. 펼쳐지
는 경관이 예사롭지 않다. 아래쪽에는 벼가 검푸른 색을 띠우
며 건강하게 자란다. 산의 4부 능선까지 밭곡들이 넓게 자리를
차지하고 있는 것이 눈에 들어온다. 양양을 비롯한 해안가의 몇
몇 곳을 제외하고는 강원도에서 이렇게 넓은 농토를 처음으로
본다. 분지를 지나 버스는 혁혁 거리며 다시 반대편 능선을 오

른다. 6부 능선 쯤 되는 곳을 지날 때 창가로 보니 '민통선 청정
지역'이란 팻말과 인삼밭이 시야로 들어온다.

50여 년 전 민통선을 출입하던 농부들의 출입증을 검사하던
군대시절이 설핏 머리를 스치고 지나간다. 기억도 희미한 그때
그 농부들은 이젠 세상에 없겠다 하는 생각을 하는데 버스는
시동을 끈다. 을지전망대에 도착을 알린다.

펀치볼(Punch bowl)이 한 눈에 들어온다. 펀치볼이란 말은 종
군기자가 한 말로, 해안면 일대의 분지가 마치 화채를 넣은 사
발과 같은 모양이라 해서 붙여진 이름이라고 한다. 크기가 여의

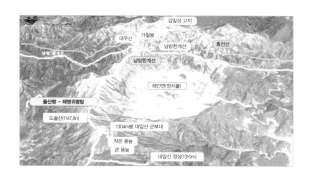

도의 6배에 달한다고 한다. 전망대에서 보는 펀치볼은 더 커 보
인다. 그곳에서 21일 간의 전투는(1951년 8월 31일~9월 20일) 동부
전선의 통제권을 누가 갖느냐 하는 전투였기에 적과 아군의 희
생은 클 수밖에 없었다. 더욱이 휴전회담이 시작한 이래 치르는
전투였고, 장마철이 유난히도 길었던 시기이기에 많은 고통이
따랐을 것이다. 미 해병사단과 국군 해병대대와 인민군 1사단과
의 전쟁이었다. 격전지에서 불꽃이 작열했음을 유추할 수 있다.
영화 '태극기 휘날리며' 의 촬영지이기도 하다.

　을지전망대는 동 중부 전선의 최 일선이다. 불과 1Km 앞에
군사분계선을 놓아두고 남북이 대치한 곳이다. 깔끔하게 생긴
정훈장교가 손에 지휘봉을 들고 한 곳 한곳 짚어가며 설명을 한
다. 9시 방향은 김일성고지, 12시 방향에 아스라이 보이는 곳은
그리운 금강산 그리고 3시 방향은 향로봉 등 유머와 자신감이
넘치는 해설이 좋았다. 흰 연기가 하늘을 향해 올라간다. 화전

민이 그러했듯이 인민군들이 농사지을 땅을 만들기 위해 지른 불이라고 했다. 옛날에는 3만 볼트의 전기가 흐르던 철책 선도 북쪽의 전력 사정으로 인하여 현재는 전류가 흐르지 않고 있다고 했다. 60여 년 전 이곳은 피아가 밤낮이 없이 밀고 밀리는 격전의 현장이었다. 할아버지들이 흘린 핏 자국은 지워진 채 아들들의 세대를 지나, 이제는 손자들이 녹슨 탄피에 얽힌 이야기들을 선배들에게 들으며 남과 북에서 대치하고 있다.

병사들에게 전하고 싶은 이야기가 있다.

역사는 반복되는 것이라는 것을, 수천 년 동안 외부의 침략에 의해 갖은 고초를 겪었으면서도 현재 국가의 형태를 갖추고 있는 곳이 이스라엘과 한국뿐이라는 것을, 그리고 강대국들 틈에 끼어서도 살아남는 지혜가 무엇인가를 말이다. 오늘은 역사 이야기 중 왜 여러분이 이곳에서 보초를 서야하는 이유를 말이다.

1905년 7월 29일. 일본총리 가쓰라 다로와 미국 루즈벨트 대통령의 특사인 태프트 사이에 맺어진 협약이 가쓰라태프트 비밀협약이다. 내용을 보면 기가 막힌다. 필리핀은 미국이 지배하고, 한국은 일본이 위탁지배를 한다는 내용이다. 결과는 우리가 36년 간 치욕적인 일본의 식민지로 남아서 갖은 고초를 겪지 않았던가. 조상들이 긴 안목으로 세계를 바라보지 못하고 우물 안 개구리처럼 사리사욕에 눈이 어두워 당파싸움에만 열중했기 때문이다. 현재 여의도 국회를 바라보다 보면 많은 생각을 하게 한다.

2차 세계대전은 일본이 일으켰고 패망한 것 또한 일본이다. 일본이 남북으로 갈라져야 하는데 엉뚱하게도 피해국인 한반도가 남북으로 갈라진 것은 전후처리를 위해 소집된 카이로 회담에서 미국, 영국, 소련, 중국의 수뇌부들이 결정한 결과라는 것이다. 한반도는 스스로 통치할 통치능력이 없으니 북쪽은 소련이 남쪽은 미국이 신탁통치를 한다는 것이다. 70여 년이 지난 현재 국제질서를 보자. 2차 세계대전 당시 일본과 미국은 전쟁 당사자들이다. 전쟁을 했다는 사실은 피차 깊은 상처를 주고받은 것이다. 그러나 현재는 부상하는 중국을 견제하기 위해 일본과 미국은 어느 나라보다도 가까운 사이가 됐다. 국익을 위해서는 어제의 적이 동지가 되고, 동지가 적으로 변하기도 한다. 살아남기 위한 처절한 몸부림이다. 오늘의 한일관계를 보노라면 큰 틀에서 보고, 행동해야 한다는 생각을 한다.

여러분이 이곳에서 보초를 서야하는 이유는 1950년 6월 25일 소위 6·25라는 전쟁이 한반도에서 일어났기 때문이다. 남침이다, 북침이다 하는 논쟁은 웃기는 이야기다. 전쟁은 세계 도처에서 수시로 일어나고 있다. 당사국들은 서로 상대가 먼저 전쟁을 일으켰다고 한다. 확실한 것은 전쟁초기에 밀리는 쪽이 전쟁을 일으키지 않은 나라인 것이다. 남쪽이 계속하여 밀렸으니 이는 논의 대상이 아니고 확실한 남침이라는 것이다. 동물의 세계와 같이 인간의 세계도 힘의 논리에 의해 강한 나라가 약한 나라를 지배한다. 현재 세계의 최강국은 미국이고 미국을 움직이는 힘은 누구라고 생각을 하는가? 시나이반도의 조그마한 나라 이스라엘은 중동의 거대한 다국적군과 당당하게 대적하고 있다. 그대들은 유태인 보다 더 우수한 민족이다. 자긍심을 갖고 노력해서 후손들에게 자랑스러운 조상이 되도록 노력해야 하지 않겠는가?

9. 2012년 런던 올림픽 회고

세계 205개국에서 런던으로 온 젊은이들이 펼치는 꿈의 향연이 17일간의 대장정을 마쳤다. 우리나라는 22개 종목에 245명의 선수들을 파견했다. 결과는 금메달 13개, 은메달 8개, 그리고 동메달 7개의 성과를 올렸다. 해외원정사상 처음으로 전세계에서 5등을 했다. 나라의 인구수나 면적으로 볼 때 대단한 성과물이다. 1948년 같은 장소인 런던올림픽에서는 동메달 2개뿐이었던 우리다. 64년이 지난 지금 메달 수 28개에 세계5위라니 믿기지 않는 사실이 눈앞에 다가왔다. 그간 흘린 피와 쏟은 땀의 결과가 아니겠는가. 체조선수 양학선의 손바닥에 박인 굳은살과 리듬체조선수 손연재의 피맺힌 발가락을 보면 더 설명이 필요 없다.

관전 소고

우리는 체격조건에서 서양 사람에게 불리한 입장이나 이를 극복하는 힘이 대단하다. 태권도 종주국이 한국이라면 펜싱의 종주국은 프랑스다. 그들은 우리보다 키가 크고 펜싱에서 절대적으로 유리한 팔이 길다. 키가 작고 팔이 짧은 우리는 빨리 달리기, 등산 등의 많은 훈련을 통하여 발이 빠르게 움직이는 훈련을 했다. 1초 동안에 5m를 움직이기도 하고, 1분당 스텝 수를 그들은 40회인데 우리 선수들은 2배에 해당하는 80회로 늘렸다. 우리 선수들이 빠른 공격을 하면 상대는 허를 찔려 넋을 잃고는 했다. 펜싱 사브로에서 남자단체와 여자개인전에서 김지연이 그들을 누르고 금메달을 획득했다. 그뿐인가 은메달 1개와 동메달 2개를 추가해서 획득한 메달의 합계가 6개나 된다.

유도의 81kg급의 김재범과 91kg급의 송대남의 빠른 기술과 파이팅이 넘치는 경기운영은 상대를 제압하고도 남음이 있다. 공격은 최대의 방어라는 말을 실감하게 하는 박진감이 넘치는 경기였고, 기대주였던 수영의 박태환, 펜싱의 신아람 그리고 유도의 조준호의 잇단 오심으로 가라앉은 선수들의 분위기를 바꾸는데도 일조를 했다. 금메달을 3개나 건진, 떠오르는 별인 사격 그리고 전통 우세 종목인 양궁의 여자 개인전 관전도 흥미로웠다. 은메달에 멈춘 멕시코 선수 뒤에 한국인 코치가 있었기에 더 흥미로웠는지도 모른다.

우리의 전통 득점원이었던 역도, 복싱 그리고 레슬링에서 줄어든 메달 수를 사격, 펜싱에서 보충을 했다. 이는 헝그리정신이 있어야만 가능했던 운동종목에서 선진국 형으로 바뀌어 감을 읽을 수 있다. 선수들의 태도 또한 금메달감으로 변했다. 시합에서 지면 울고 불던, 보기에도 민망했던 모습도 많이 사라졌다. 신세대들은 즐기면서 운동을 하고, 이기지 못해도 의연하게 처신하는 그들의 뒷모습이 아름답다. 낙천적이면서도 도전정신이 강한 그들을 보노라면 믿음이 간다.

어머니의 힘

체조의 금메달리스트인 양학선이 연습 중에 갈등을 느끼고 연습장을 이탈했을 때, 그의 어머니는 사랑하는 아들을 오상봉 감독에게 데리고 가서 "이제부터는 내 아들이 아니고 당신 아들이니 당신 마음대로 하시오"라는 말을 남기고 아들을 감독에게 맡기고 홀홀 떠났었다는 말은 듣는 이로 하여금 가슴을 찡하게 만든다. 유명한 선수의 뒤에는 희생정신이 강한 한국의 어머니가 있고, 어머니 뒤에는 든든한 버팀목이 되고 있는 기업가들이 포진을 하고 있다. 우리나라가 획득한 메달 수의 합계 28개 중에서 22개가 기업들이 후원한 종목에서 나왔다.

특히 불모지나 다름이 없었던 펜싱에서 신기술을 개발하여

금 은 동 6개를 획득했고, 수영의 박태환 선수가 은메달 2개 그리고 비인기 종목인 핸드볼을 지원한 SK그룹 최태원(물리76)회장이 눈에 뜨인다. 현대자동차 그룹이 지원한 양궁에서 금메달 3개와 은메달 1개를 획득했다. 정의선(경영86) 부회장이 대한양궁협회 회장을 맡고 있음은 아는 사람은 모두 알고 있는 사실이다. 위에서 말한 두 개회사에서 지원한 종목에서 획득한 메달이 12개나 된다. 기업이 후원해서 얻은 메달 수의 절반 이상이 된다. 스포츠에 대한 남다른 애정이 있기에 가능한 일이다. 삼성그룹이 지원한 태권도와 레슬링에서 그리고 한화그룹이 후원한 사격 부문에서 금메달 3개와 은메달 2개는 괄목할만한 성과다.

일본열도를 잠재운 축구

한일전은 언제나 뒤로 물러설 수 없이 멋있는 한 판의 승부를 내야 한다. 한국이 브라질 전에서 그리고 일본이 멕시코 전에서 어느 한 팀이 이겼어도 숙명의 라이벌인 한국과 일본은 부딪칠 일이 없었다. 불행하게도 동메달을 놓고 자웅을 겨룰 수밖에 없는 처지가 됐다. 어쩌면 두 나라 선수들은 자국민의 열화 같은 염원에 부응하기 위해서도 팬 서비스를 해야 할 처지에 놓이게 됐다는 생각이 든다. 한일전에서는 한국선수들이 기량 외의 힘이 솟구치기에 일본선수들은 겁을 먹는다고 했다. 한일전에 나가는 양국선수들은 남다른 각오를 하고 경기에 임한다.

고연전 유도시합에서는 이변이 자주 일어난다. 2단인 선수가 4단인 선수를 무너뜨리기도 한다. 경쟁관계이기에 어느 팀보다도 상대에게 이겨야 한다는 강박관념이 있기에 의외의 승부가 나기도 한다. 선의의 경쟁관계는 양 팀의 실력을 향상시키는 계기가 된다. 그러나 한일관계는 원수지간에 존재하는 복수개념이 짙다. 일본은 오랫동안 우리를 괴롭혀 왔다. 독일은 세계 제2차대전, 전후 처리에 문제에 있어서 피해국가 들에게 성의 있고 깔끔하게 처리하고 현재는 좋은 관계를 맺고 있다. 일본은 대전이 끝 난지 70여년이 지난 지금까지 위안부 문제부터 진심으로 사죄를 하고 좋은 이웃으로 살아갈 생각을 하면 안 되는 걸까? 통이 크고 활달하게 말이다. 어깨를 나란히 하고 세계 속으로 떳떳하게 걸어가면 상호이익은 물론 세계 속에서 우뚝 설 수 있다. 이웃이고 있는 같은 동양인이기에 연민의 정이 있어 하는 말이다.

　　박주영(체교) 선수가 4명의 일본선수를 제치고 넣은 한 골은 축구시합을 관심 있게 치켜보던 모든 이들을 열광하게 했다. 공을 치고 달리다가 여러 명의 일본 수비수 사이를 왼쪽으로, 다시 번개같이 바른 쪽으로 공을 몰고 가는 모습은 호랑이가 먹이 감을 사냥하는 모습과 다름이 없었다. 주심에 항의하던 구자철의 이글거리던 눈동자 그리고 수비수의 발 사이로 차 넣은 쐐기 골은 지금 생각해도 기분이 좋다. 파이팅이 넘치는 젊음이 있기 때문이다.

한국인은 남다른 기질을 가지고 있다. 하는 일에 간섭을 하고 꾸지람을 하는 것 보다는, 분위기만 조성을 해주고 신바람이 나게 하면 몇 배의 성과를 올린다. 스포츠뿐만 아니라 모든 분야에 적용되는 말이다. 남의 일에 말 많은 사람들의 말장난 속에서 고민하던 홍명보 감독은 박주영 선수와의 대담에서 "박 주영이 군대를 가지 않으면 제가 대신 군대에 가겠습니다."라고 했다. 홍명보(체교87) 감독의 후배를 사랑하는 끈끈한 말 한 마디는 지장이면서도 덕장의 일면을 보여 준다. 독일 사람들에게 갈색폭격기로 기억되고 있는 차범근(체교69) 해설위원의 해설을 들으며 한일전을 관전하는 중에는 손에 땀을 쥐면서도 행복했었다. 제 위치에서 최선을 다하는 후배들을 보면 기쁨이 배가된다. 금메달보다도 값진 올림픽사상 처음으로 메달을 안겨준 홍명보 감독과 선수들에게 국민의 일원으로 감사를 드린다.

좀 봐줘요.

다음(daum)과 국어사전에서 찾아보면

본말 보아주다(1)
어떤 사람이 다른 사람의 입장을 살펴 이해하거나 배려해 준다.
본말 보아주다(2)
어떤 사람이 다른 사람이나, 일의 잘못을 덮어 주거나 용서 해 주다
라고 되어 있다.

'좀'이 부사로 쓰일 때는 정도나 분량이 적게. 조금의 뜻이라 했다.